7번째 환생

7번째 환생 4

묘재 장편소설

초판 1쇄 찍은 날 § 2018년 9월 14일
초판 1쇄 펴낸 날 § 2018년 9월 21일

지은이 § 묘재
펴낸이 § 서경석

총괄팀장 § 최하나
편집책임 § 김슬기
디자인 § 고성희

펴낸곳 § 도서출판 청어람
등록번호 § 제387-1999-000006호
등록일자 § 1999. 5. 31
어람번호 § 제1-2957호

주소 § 경기도 부천시 원미구 부일로 483번길 40 서경B/D 3F (우) 14640
전화 § 032-656-4452 팩스 § 032-656-4453
http://www.chungeoram.com
E-mail § chungeorambook@daum.net

ISBN 979-11-04-91831-5 04810
ISBN 979-11-04-91777-6 (세트)

도서출판 청어람

FUSION FANTASTIC STORY

묘재 장편소설

7번째 환생

4

Contents

1장
블랙홀

7번째 환생은 작가의 상상력을 기반으로 창작된 소설로서 실제 상황 및 현실 배경과 다른 내용이 나올 수 있습니다. 또한 본문에 등장하는 지명과 인명은 실제와 관련이 없음을 알려 드립니다.

고등학교 3학년 때 처음 만난 마스터는 꽤 대단한 사람처럼 보였다.

사실 현실에서의 나이가 중요한 게 아니었다.

당시 최치우는 갓 환생한 처지였고, 이 세상에 대해 아는 게 거의 없었다.

게다가 여러 차원을 거치며 얻은 능력을 제대로 회복하기 전이었다.

그렇기에 베일에 싸인 파이트 클럽의 마스터를 만만치 않은 인물로 판단한 것이다.

물론 마스터는 호락호락한 인간은 아니었다.

법의 촘촘한 그물을 피해 거물급 스폰서들을 모으고 무제

한 룰로 사람이 죽어나가는 파이트 클럽을 운영하는 것 자체가 평범한 일은 절대 아니다.

세계적 명망가로 우뚝 선 지금의 최치우도 마스터의 저력을 인정했다.

하지만 3년 전 처음 봤을 때와 똑같을 수는 없었다.

그때는 마스터 옆을 그림자처럼 따라다니는 경호원도 제법 강해 보였다.

그러나 지금은 최치우가 마음만 먹으면 눈 한 번 깜빡하기 전에 쓰러뜨릴 수 있었다.

절정에 다다른 금강나한권이나 6서클의 마법을 일반인에게 펼치는 것은 너무 잔인한 일이다.

최치우가 마스터를 보는 시선이 달라진 것처럼 마스터 역시 마찬가지였다.

그야말로 상전벽해(桑田碧海)가 따로 없었다.

마스터가 기억하는 최치우는 어린 괴물이었다.

데뷔전에서 칠성파 행동대장을 쓰러뜨리더니 갑자기 나타나 한국 최강 리키 김을 이겼다.

그러고는 스폰서 중 가장 미친놈을 소개해 달라고 해서 한영그룹 임동혁을 만났다.

마스터는 그 이후 어떤 일들이 벌어졌는지 뉴스를 보고 알게 됐다.

최치우는 한영그룹의 투자를 받아 독도 해저 자원 개발을 성사시켰고, 대통령으로부터 훈장을 수여받았다.

그게 끝이 아니었다.

올림푸스라는 회사를 세우더니 갑자기 세계적인 주목을 받는 스타가 됐다.

펜타곤이라는 상상도 못 할 상대와 기술 제휴를 맺으며 혜성처럼 전 세계 언론의 스포트라이트를 차지한 것이다.

한때 온종일 매스컴을 장식하던 최치우를 바라보며 마스터는 망연자실할 수밖에 없었다.

싹수를 알아보긴 했지만, 설마 이 정도로 엄청난 인물이 될 줄은 몰랐던 까닭이다.

"부탁한 준비는 다 끝났겠죠?"

최치우가 무표정한 얼굴로 질문했다.

그는 임동혁을 통해 마스터를 찾아내고, 요구 사항을 전달해 뒀다.

오늘은 대답을 들을 차례였다.

만약 마스터의 준비가 미흡하다면 최치우가 그를 다시 볼 일은 없을 것이다.

"물론입니다."

마스터는 깍듯하게 존댓말을 하며 고개를 끄덕였다.

그는 기민하고 영악한 사람이다.

그의 그러한 성향이 파이트 클럽을 오래도록 운영할 수 있도록 해주었다.

임동혁은 파이트 클럽에서 손꼽히는 주요 스폰서이다.

그리고 눈앞에 앉아 있는 최치우는 임동혁의 단순한 동업자가 아니었다.

돌아가는 분위기를 보니 최치우가 지시에 가까운 부탁을 임동혁에게 하고, 임동혁은 그 '부탁'을 무조건 들어주는 것 같았다.

마스터는 파이트 클럽의 신인 괴물 파이터 최강을 머릿속에서 지워 버렸다.

대신 올림푸스의 대표 최치우만 남겼다.

최치우는 180도 달라진 마스터의 태도 변화를 비웃지 않았다.

누구나 각각의 생존 방식이 있는 법이다.

마스터에게는 마스터의 생존법이 있다.

그 자체를 비웃을 필요는 없었다.

최치우는 마스터와 그의 경호원을 번갈아 쳐다보며 다시 말했다.

"임상 실험을 위해 꽤 많은 숫자의 지원자가 필요합니다. 물론 파격적인 조건을 제시했지만, 수를 맞추는 데 어려움은 없었습니까?"

"원하시는 숫자의 실험 지원자를 확보했습니다. 무엇이든 할 수 있는 사람들이 파이트 클럽에 잔뜩 몰려 있다는 것, 아시리라 생각합니다."

"그렇죠. 거긴 그런 곳이니까."

최치우는 피식 웃을 수밖에 없었다.

자신도 파이트 클럽에서 두 차례나 싸움을 했기 때문이다.

진짜 목적이 따로 있었어도 최강이란 이름을 걸고 싸운 사실은 변함없다.

최치우는 파이트 클럽에서 싸우는 사람들을 판단하고 싶지 않았다.

그들에게도 나름의 사정이 있을 것이다.

어둠의 세계에서 피 흘리며 싸워야만 하는 이유를 함부로 재단할 수는 없다.

물론 최치우는 처음부터 그곳에 머물 사람이 아니었다.

파이트 클럽에 발을 내디딘 지 고작 2년도 지나지 않아 파이트 클럽의 마스터를 하수인처럼 부리게 됐다.

"법적인 문제가 없게끔 처리를 깔끔하게 해줬으면 좋겠습니다. 우리 법무팀도 같이 검토를 하겠지만, 중간 소개료는 충분히 책정했으니 혹시라도 장난칠 생각은……."

"절대 없습니다. 믿으셔도 됩니다. 감히 어떤 분들의 일인데 장난을 치겠습니까."

마스터가 두 손을 내저으며 다급히 말했다.

그는 최치우의 신뢰를 사는 게 중요하다는 걸 본능적으로 직감하고 있었다.

최치우는 마스터의 두 눈을 똑바로 쳐다보며 입을 열었다.

"돈은 얼마가 들어도 상관없습니다. 필요한 만큼 불러도 좋아요. 대신 깔끔하고 문제없는 일 처리를 원합니다. 내게 중요한 건 일을 믿고 맡길 수 있는 신뢰입니다. 몇 푼의 돈이 아니라."

"저희 파이트 클럽의 스폰서로 임동혁 본부장님을 오래 모셔 왔습니다. 비록 어둠의 세계에서 피값을 버는 놈이지만 그동안 본부장님을 비롯한 스폰서분들을 실망시킨 적은 없습니다. 이번에도 반드시 역할을 다하겠습니다."

최치우는 마스터가 딴짓은 하지 않을 거라고 판단했다.

그는 자신의 이익을 위해서라도 최치우로부터 믿음을 얻을 필요가 있다는 걸 알 만큼 똑똑한 사람이었다.

만약 최치우와 임동혁이 분노하면 파이트 클럽의 존재를 지워 버릴 수도 있었다.

반면 최치우를 만족시키면 우선 엄청난 액수의 돈을 받게 된다.

뿐만 아니라 파이트머니 아니고는 마땅한 수입이 없는 선수들도 임상 실험으로 돈을 벌 수 있다.

마스터는 선수들에게 고액의 알바를 소개해 준 생색을 내면서 파이트 클럽 관리에 힘을 얻게 될 것이다.

꿩 먹고 알 먹는 일석이조의 일이니 정신 바짝 차리고 할 수밖에 없었다.

"그럼 다음에는 임상 실험에 자원한 선수들, 아니, 지원자들과 함께 만나죠."

"알겠습니다, 대표님."

마스터가 고개를 숙이고 자리에서 일어났다.

그가 대표실 밖으로 나가고 바통을 터치하듯 임동혁이 들어왔다.

임동혁은 재밌어 죽겠다는 표정을 짓고 있었다.

"어땠습니까? 선수와 마스터였다가 이제는 지시를 내리는 관계로 다시 만난 기분이 궁금합니다."

그는 최치우가 최강이라는 이름으로 파이트 클럽에서 뛴 사실을 알고 있다.

그렇기에 마스터와의 재회를 재밌게 여길 수밖에 없었다.

하지만 최치우는 임동혁의 장난에 말려들지 않고 핀잔을 줬다.

"그저 상황이 바뀌었을 뿐, 특별한 기분이 들 이유가 뭐 있겠어요. 애들도 아니고 다 큰 어른이."

"최 대표님, 지금 순식간에 나를 애로 만들어 버렸습니다."

"딱히 틀린 말도 아닌 것 같군요."

"하여간… 은근히 입담이 강해서 이길 수가 없습니다. 그나저나 일은 맡기기로 했습니까?"

"기회를 줬으니 지켜보려 합니다. 어쩌면 우리가 손쓰기 귀찮은 일들이 있을 때 파이트 클럽을 잘 활용하면 좋을 것 같습니다."

최치우의 이야기를 들은 임동혁이 안색을 바꾸며 대답했다.

그는 파이트 클럽에 대해 최치우보다 훨씬 많이 알고 있었다.

"파이트 클럽, 한국이 아니라 전 세계적인 조직입니다. 마스터에게 듣기로 일본, 미국, 유럽 각국에도 파이트 클럽이 운영

되고 있다고 합니다. 이번에는 필요해서 쓰지만, 너무 깊게 관여하는 건 독이 될 수도 있습니다."

"전 세계적인 불법 격투기 조직이라… 더 재밌는데요."

최치우는 의미 모를 미소를 지었다.

임동혁의 말을 들으니 없던 흥미가 생겨나는 것 같았다.

그런 최치우를 보며 임동혁은 고개를 절레절레 저었다.

"내가 잠시 깜박했습니다. 우리 최 대표님이 나보다 더 이상한 사람이라는 걸."

"아무튼 당장은 임상 실험에 집중하죠. 마스터가 자기 역할을 잘해내면 그 뒷일은 다음에 생각하는 걸로."

최치우는 간단하게 현안을 정리했다.

하루빨리 2차 임상 실험을 마무리 짓고 해독제를 상용화시키는 게 당면 과제였다.

이미 최치우 스스로 1차 임상 실험을 통해 안정성을 확인했다.

그렇기에 2차 실험에서도 큰 문제는 발생하지 않을 것 같았다.

예상대로 실험이 진행되면 올해 안에 해독제를 발표할 수 있다.

이제는 사천당문의 해독제에 어떤 이름을 붙여서 세상에 공개할지 고민할 시기가 됐다.

최치우는 현대의 역사에 전무후무한 해독제를 선보일 날을 기대하며 즐거운 상상을 했다.

*　　　　*　　　　*

반가운 얼굴이 올림푸스 사무실을 찾아왔다.

사무실에 들어온 그는 연신 사방을 두리번거리며 감탄을 흘렸다.

"와우, 원더풀! 아웃 스탠딩 뷰!"

버터 냄새가 진하게 느껴지는 발음이다.

까무잡잡한 피부에 레게 머리를 한 남자는 올림푸스 사무실 좌우로 펼쳐진 한강과 여의도의 전망에 넋을 잃었다.

한때 비공식 한국 최강이던 남자 리키 김을 알고 있는 직원들은 크게 당황하지 않았다.

함께 일본에 갔던 이시환과 백승수는 리키가 사고뭉치라는 걸 이미 알고 있었다.

그렇기에 리키가 무슨 행동을 하던 신경도 안 쓰고 자기 일에 열중했다.

하지만 리키를 처음 보는 올림푸스의 신입 직원들은 경계심을 감추지 못했다.

어마어마한 키와 덩치의 혼혈 남성, 그것도 레게 머리에 걸레처럼 찢어진 청바지를 입은 사람이 건들건들하는 광경을 처음 봤기 때문이다.

특히 여직원들은 리키를 약간 무서워하는 것 같았다.

그때 최치우가 대표실 문을 열고 나왔다.

"리키."

"헤이, 사부! 롱 타임 노 씨!"

최치우를 발견한 리키가 활짝 웃으며 성큼성큼 걸어갔다.

그는 두 팔을 쫙 펼치고 최치우를 포옹하려 했다.

하지만 최치우는 오른팔을 앞으로 내밀어 리키를 제지했다.

자연스레 리키를 멈춰 세운 그는 악수를 하는 것으로 재회의 반가움을 표했다.

최치우는 너무도 쉽게 리키를 컨트롤하고 있었다.

"수련은 끝난 거죠?"

"자신 있습니다, 사부!"

리키가 우렁차게 대답했다.

그는 최치우로부터 금강나한권의 초식을 전수받았다.

내공이 없기에 무공의 온전한 위력을 낼 수는 없었다.

그러나 초식만으로도 리키에게는 엄청나게 큰 도움이 됐다.

원래도 평범한 사람과는 비교할 수 없을 만큼 강하던 리키는 폐관 수련을 통해 한층 더 강해졌다.

아마 특수부대 요원 몇 명이 달려들어도 맨몸으로 제압이 가능한 수준까지 도달했을 것이다.

최치우처럼 이질적이고 독보적인 존재를 제외하면 사실상 인류에서 리키와 맨몸으로 붙어 이길 만한 사람은 거의 없는 셈이다.

"제대로 수련했다면 많은 게 달라졌을 텐데, 그렇지 않습니까?"

최치우가 의미심장한 질문을 던졌다.

리키는 그의 의도를 안다는 듯 하얀 이를 드러내며 고개를 끄덕였다.

금강나한권 초식을 수련하며 한계를 넘어선 리키는 더 이상 평범한 사람과의 싸움에서 재미를 느끼지 못할 것이다.

최치우는 조용히 대화를 나누기 위해 리키를 대표실로 데리고 들어갔다.

"강함을 체험하고 싶다면 계속 싸워도 됩니다. 한국에는 적수가 없을 테니 미국이나 중국으로 가서 강자를 찾아도 되고."

"오, 노우. 사부, 이제 무의미한 싸움은 하고 싶지 않습니다."

"역시 그럴 줄 알았습니다. 그럼 싸움보다 훨씬 어렵고 위험한 일에 도전하는 건 어떻습니까?"

"사부, 길을 알려주면 따라가겠습니다."

리키는 최치우를 완전히 믿고 있었다.

최초로 그를 쓰러뜨린 장본인이고, 경이적인 무공 초식까지 알려줬기 때문이다.

그는 단순히 말로만 '사부'라 부르는 것이 아니라 마음속에서부터 최치우를 '사부'로 여기고 있었다.

"올림푸스에서 나와 함께 새로운 세상을 개척합시다. 그게 리키한테도 가장 어려운 도전이 될 겁니다."

"그런데 사부, 나 아무것도 모르는데 도움이 되겠습니까?"

"내 말만 믿고 따라오면 됩니다. 가끔 심심하면 내가 스파링 해줄게요."

"오우, 굿! 무조건 합니다, 무조건!"

최치우가 스파링을 해준다는 말에 리키의 눈이 반짝반짝 빛났다.

리키는 천생 무인이다.

세상에 얼마 없는 자신보다 강한 상대와의 비무는 포기하기 힘든 유혹이었다.

어차피 그는 올림푸스 사무실에 왔을 때부터 최치우를 따르기로 결심했다.

오직 최치우만이 자신에게 한계를 뛰어넘는 즐거움을 줄 수 있을 거라 확신했기 때문이다.

최치우에게도 리키의 올림푸스 합류는 천군만마와 같았다.

매번 위험한 지역에 최치우가 따라갈 수는 없다.

이시환이나 백승수, 또는 다른 직원들을 파견 보낼 때 리키를 동행시키면 무척 든든할 것이다.

올림푸스가 커질수록, 관여하는 프로젝트가 많아질수록 리키의 존재는 빛을 발할 게 분명했다.

"오늘 저녁에 체육관 가서 수련의 성과를 체크해 봅시다."

"스파링?"

"안 봐줄 겁니다."

"오우, 예스!"

리키는 최치우와 스파링을 할 생각에 들떴다.

물론 그는 최치우가 압도적으로 강하다는 것을, 인간의 상식을 초월했다는 사실을 어렴풋이 알고 있다.

그러나 설령 일방적으로 두들겨 맞더라도 최치우에게 예전보다 강해졌다는 인정을 받으면 기쁠 것이다.

이로써 최치우는 어둠 속 최강자 리키 김을 확실한 동료로 얻었다.

최치우와 한번 인연을 맺은 사람들은 언젠가 그의 울타리 안으로 들어오게 돼 있었다.

블랙홀처럼 인재들을 빨아들이는 최치우는 이전의 삶과 다른, 군주의 길을 걷고 있었다.

올림푸스 군단 또한 내실을 다지며 점점 강성해지는 중이다.

* * *

찰칵찰칵—

카메라 플래시가 터졌다.

하지만 그렇게 요란하고 정신이 없지는 않았다.

미리 지정한 두 개의 신문사와 한 개의 방송국만 현장에 초청했기 때문이다.

그들은 올림푸스 대표 최치우의 S대 특별장학금 전달식을 취재하러 왔다.

보통 성공한 선배들이 모교에 장학금을 쾌척하거나 재단을 세우는 건 드문 일이 아니다.

그럼에도 불구하고 최치우의 장학금 기탁은 취재 가치가 높았다.

무엇보다 엄청나게 뜨거운 관심에도 불구하고 언론의 카메라 앞에 나서지 않던 최치우다.

그리고 이것은 그런 최치우를 취재할 수 있는 절호의 기회였다.

최치우를 카메라에 담을 수 있다는 것만으로도 충분한 뉴스거리였다.

게다가 최치우는 졸업생도, 선배도 아니었다.

공식적으로는 S대 1학년을 마치고 휴학했으며 나이도 이제 22세에 불과하다.

선배보다는 아직 까마득한 후배인데, 무려 10억이라는 거액을 모교에 기부한 것이다.

최치우는 단발성 장학금 기부로 생색만 낼 생각이 조금도 없었다.

그는 10억을 시작으로 차곡차곡 금액을 누적시켜 재단을 만들 계획이다.

장학재단을 만드는 이유는 간단했다.

환생한 직후의 최치우처럼 어려운 형편의 후배들에게 기회를 열어주기 위해서이다.

물론 이게 근본적인 이유라면 보다 현실적인 계산도 존재한다.

장학금을 받고 성장한 인재들은 훗날 최치우의 자산이 될 것이다.

최치우는 벌써부터 미래의 인재들에게 투자하고 있었다.

싹수를 보이는 파릇파릇한 새싹들에게 장학금을 주는 건 일종의 투자다.

게다가 세금 부분에서도 혜택을 볼 수 있고, 올림푸스와 최치우의 이미지도 좋아진다.

그는 장학금을 전달하며 자신의 철학도 담아냈다.

단지 가정 형편이 불우하다고 해서 무조건적으로 장학금을 주도록 설정하지는 않았다.

최치우는 S대에 거액을 기부하며 자신이 원하는 장학금 지급 조건을 분명히 제시했다.

이제까지 대부분의 장학금은 비교적 공평하게, 그러나 찔끔찔끔 소액으로 주어졌다.

최고로 많이 줘봐야 학비를 전액 내주면서 용돈을 얹어주는 정도였다.

그러나 최치우의 장학금은 달랐다.

전액 학비는 물론이고 알바를 하지 않아도 될 만큼의 충분한 생활비도 주어진다.

그야말로 온전히 공부에만 집중할 수 있게 전폭적인 지원을 해주는 장학금이다.

대신 S대에 들어올 만큼 재능이 있고 장학금을 받는 내내 최선을 다해 공부할 각오를 한 학생들만 선별할 것이다.

최치우가 S대와 함께 만들어 나갈 올림푸스 장학재단은 가장 풍족한 동시에 가장 깐깐한 기준을 가진 장학금이 될 것 같았다.

"이것으로 본교 동문 올림푸스 최치우 대표님의 장학금 전달식을 마치겠습니다. 올림푸스와 본교는 앞으로 지속적인 파트너십을 통해 올림푸스 장학재단을 설립하여 더 많은 학생들에게 배움의 기회를 주고 우리 사회의 어둠을 밝히는 데 힘쓰겠습니다."

사회를 맡은 교무처 직원이 마무리 멘트를 했다.

S대 김동연 총장은 한 번 더 최치우와 악수를 하며 만면에 미소를 띠었다.

그의 입장에선 최치우가 보물처럼 보일 수밖에 없었다.

졸업생도 아닌 휴학생임에도 불구하고 전 세계에 명성을 떨치고 거액의 장학금을 기부하며 총장의 체면을 확실히 살려줬기 때문이다.

사실 김동연 총장이 직접 도움을 준 부분은 딱히 없었다.

그러나 최치우 덕분에 그의 업적도 쌓게 됐고, 최치우 역시 장관급 인사인 김동연 총장과 우호적인 관계를 맺어 나쁠 게 없었다.

"대표님, 질문 몇 가지만 드려도 되겠습니까?"

장학금 전달식은 소강당에서 몇몇 귀빈만 초대해 비공개로 진행됐기에 번잡하지 않았다.

초청을 받은 신문사와 방송국 기자들은 최치우에게 다가갈 수 있는 기회를 천금처럼 여겼다.

최치우는 기분 좋게 고개를 끄덕였다.

미리 초청한 세 곳의 언론사는 우리나라에서 가장 영향력이 강했다.

그들에게 취재 기회를 주고 다시금 최치우 자신과 올림푸스를 향한 대중의 우호적 관심을 높일 타이밍이었다.

이 모든 것은 최치우의 철저한 계획 아래 컨트롤되고 있었다.

해독제를 발표하기에 앞서 분위기를 달궈놓으려는 것이다.

최치우는 언론을 다루고 이용하는 법까지 터득했다.

7번째 환생을 한 8번째 차원, 현대의 지구에서 살아가는 법을 확실하게 깨우친 것 같았다.

"먼저 장학금 기부와 장학재단 설립에 대한 플랜까지 대단하다는 말씀부터 드립니다. 그런데 올림푸스는 작년 펜타곤과의 기술 제휴 이후 다른 소식이 없는데요, 혹시 추진 중인 사업이 있습니까?"

기자들의 관심은 올림푸스의 행보에 집중돼 있었다.

장학금 전달과 관련된 내용은 행사에서 전부 들었기 때문이다.

최치우는 미소를 유지한 채 여유롭게 대답했다.

"다각도에서 여러 사업을 검토 중입니다."

"혹시 공개하실 수 있는 사업이 있으실까요?"

"많은 국민이 올림푸스에 기대를 걸고 있기 때문에 더더욱 선불리 말씀드리기 어렵습니다. 실현 가능성이 있는 프로젝트를 신중하게 공개하겠습니다."

원론적이지만 빈틈없는 답변이다.

의외로 대기업 CEO 중에서 언론 인터뷰를 제대로 못 하는 사람이 꽤 많았다.

그에 비해 최치우는 나이답지 않은 노련함으로 능수능란하게 질문을 받아넘겼다.

주요 일간지와 공영 방송국에서 나온 베테랑 기자들은 속으로 혀를 내둘렀다.

"펜타곤과의 제휴는 원활히 이뤄지고 있습니까?"

"신기술 개발이 하루아침에 완성되는 것은 아닙니다. 제가 1학년 때 참여한 독도 해저 자원 개발도 뚜렷한 성과를 냈지만, 실제 효과를 보기까지 오랜 시간이 필요합니다. 펜타곤과의 제휴도 마찬가지입니다. 하지만 펜타곤에서 세계 최고의 기술이 개발될 때, 그 영광을 우리나라와 올림푸스도 함께 누릴 거라는 사실은 분명합니다."

시간이 필요하다는 말을 이렇게 멋있게 표현하기도 힘들 것이다.

똑같은 말이지만 최치우는 듣는 사람의 심장을 뛰게 만들 줄 알았다.

영광의 순간을 우리나라도 함께 누릴 것이다.

이 한 문장으로 언론사의 헤드라인이 정해졌다.

신문 기사를 읽고 방송 뉴스를 보는 국민들의 가슴도 덩달아 함께 뛸 것이다.

최치우는 이후로도 이어진 몇 가지 질문을 더 받아주고 움직였다.

그가 의도한 대로 해독제가 공개되기 전 분위기는 충분히 뜨겁게 달궈질 듯했다.

더불어 최치우는 20대 초반부터 미래의 인재를 키우는 리더로 한층 호감도가 높아지게 됐다.

그는 현재도 충실하게 살아가지만, 동시에 먼 미래를 바라보며 큰 그림을 그리고 있었다.

이렇게 군주의 길을 걸어본 것은 7번의 환생을 통틀어 처음이다.

최치우는 자기도 모르는 사이 진심으로 현대에서의 인생을 즐기게 된 것 같았다.

*　　　*　　　*

"해독제의 이름을 정했어."

최치우는 결정을 내리기 전부터 이리저리 말을 많이 하는 스타일이 아니었다.

그는 해독제에 어떤 이름을 붙일지 머릿속으로 숱한 후보들을 세우며 고민해 왔다.

그러다 드디어 입 밖으로 말을 꺼낸 것이다.

오랜 고민 끝에 내린 결정이 번복될 가능성은 극히 낮았다.

다른 직원들이 모두 퇴근하고 여의도 사무실에는 이시환만 남아 있었다.

“진짜? 임 이사님이 엄청 궁금해하던데. 너한테 말은 못 하고.”

이시환은 둘만 있기에 편하게 반말을 썼다.

최치우는 한결같은 밝은 에너지로 사람들을 끌어당기는 이시환을 쳐다보며 고개를 끄덕였다.

“우리 회사 이름이 올림푸스잖아.”

“그치. 엄청 멋진 이름이지.”

“요즘 시대에는 브랜딩이 중요해. 일관된 콘셉트와 이미지로 우리 회사를 전 세계에 각인시키면 뭘 해도 응원해 줄 팬덤이 생기게 될 거야.”

최치우는 이시환과 마찬가지로 에너지자원공학을 전공했다.

비록 학부 1학년만 마치고 휴학을 했지만, 어쨌거나 마케팅이나 브랜딩을 공부한 적은 아예 없었다.

그럼에도 불구하고 브랜딩에 대해 명확히 이해하고 있는 것 같았다.

그는 일할 때, 그리고 무공과 마법을 수련할 때 빼고는 어마어마한 양의 웹 서핑을 했다.

누가 보면 인터넷 중독자로 여겨질 정도이다.

하지만 단순히 노는 게 아니었다.

구글과 웹의 바다를 서핑하며 전 세계의 수많은 지식을 스펀지처럼 빨아들이는 것이다.

환생을 하자마자 현대에 대해 알기 위해 시작한 웹 서핑은 최치우를 박학다식한 만물박사로 만들어놓았다.

그는 이번 삶에서 세상을 바꾸라는 아바타의 미션을 수동적으로 이뤄가고 있지 않았다.

현대의 역사에 한 획을 긋고 자신의 존재가 소멸되어도 영원히 기억될 만큼의 임팩트를 남기고 싶었다.

문지유에게 전생 스토리를 제공하며 웹툰을 그리게 하는 것도 영원한 소멸의 가능성을 앞두고 자신의 존재, 자신의 영혼을 기록하기 위함이다.

올림푸스를 영원불멸의 기업으로 남기기 위해선 단순히 세상에 기여하는 것으론 부족했다.

독감 백신을 최초로 개발한 사람은 잊히지만, 비틀즈는 수백년이 흘러도 기억된다.

한 시대의 열광적인 지지를 받으며 팬덤을 형성해야만 역사의 흐름에 밀려나지 않고 불멸의 존재가 되는 것이다.

이시환은 최치우가 무슨 생각을 하는지 정확히 이해하진 못했다.

그가 이해하기엔 최치우는 너무 멀고 높은 곳을 바라보고 있다.

다만 이시환도 최치우가 철저한 브랜딩을 통해 올림푸스를 더욱 빛내려 한다는 의도는 알아들었다.

"프로메테우스."

"어? 그거 신화에 나오는……."

"맞아. 프로메테우스는 인간에게 최초로 불과 문명을 선물했고, 그 벌로 제우스에게 심판을 당했지."

"아침에 독수리가 간을 쪼아 먹고 저녁이 되면 다시 간이 멀쩡해지고. 그 신화 맞지?"

"형, 제법인데?"

이시환은 프로메테우스 이야기를 제대로 알고 있었다.

최치우의 칭찬을 들은 그가 어깨를 으쓱거렸다.

"나중에 헤라클래스가 독수리를 죽여서 해방되잖아. 아무튼 인간들에게는 엄청 고마운 신이고. 그런데 그 프로메테우스가… 우리의 해독제 이름이 되는 거지?"

"형은 모르겠지만 나도 해독제를 개발하면서 매일 독수리에 쪼이는 것 같은 고통을 참았어. 그렇게 만든 해독제를 부자들에게 비싸게 팔아서 가난한 지역의 오염된 식수를 정화하는 데 쓸 거고. 이만하면 불을 가져다준 프로메테우스의 이름을 붙여도 부끄럽지 않을 거 같아."

최치우는 진지한 어조로 자신의 뜻을 설명했다.

이시환도 납득한 얼굴이다.

"무엇보다 올림푸스와 프로메테우스, 세계인 모두가 아는 그리스 신화를 주제로 아귀가 딱 맞아떨어져. 그냥 해독제를 개발하고 끝나는 게 아니라 스토리를 살리는 거야."

"스토리?"

"말했잖아. 브랜딩은 곧 스토리야. 사람들은 우리가 개발한 해독제를 언급하며 그리스 신화를 떠올리게 되고, 다음에는 또 어떤 프로젝트로 신화와 연결 고리를 만들지 기대하겠지."

"이야, 최치우! 너 진짜 머릿속에 뭐가 들어 있어? 그렇게 죽어라 일만 하면서 언제 또 이런 큰 그림을 그리는 거냐?"

이시환이 탄성을 터뜨렸다.

사천당문의 해독제를 현대에 맞춰 개발한 프로메테우스는 분명 화제가 될 것 같았다.

그러나 모든 사람이 프로메테우스를 구매할 필요는 없었다.

독의 위험에 노출될 수 있는 거물이나 부호들만 엄청난 값을 치르고 구매하게 될 것이다.

그렇기에 최치우는 그리스 신화의 스토리를 담아 평범한 사람들도 프로메테우스에 대해 이야기하며 즐길 수 있게 만들었다.

올림푸스, 프로메테우스로 이어진 연결 고리는 전 세계인의 상상력을 자극할 게 분명했다.

언젠가는 올림푸스에서 제우스나 헤라클래스라는 이름의 프로젝트를 추진하지 않을까 지구 곳곳에서 화제가 될 것이다.

"우리가 개발한 해독제는 프로메테우스 원, 줄여서 P—1. 그리고 P—1의 효능을 다운그레이드시켜 가난한 지역의 식수 오염으로 인한 중독을 막아줄 약은 P—2."

"피원, 피투. 느낌이 확 온다, 치우야."

"실제로 P—1과 P—2를 먹을 일이 없는 사람들까지 열광시키고 흥분시킬 테니까 두고 봐."

원래 두고 보자는 사람치고 무서운 사람 없다.

하지만 최치우는 달랐다.

최초로 해독제의 이름과 뜻을 들은 이시환은 팔에 소름이 돋는 걸 느꼈다.

세계사에 길이 남을 해독제의 이름이 지어진 첫 순간을 함께한 것이다.

사천당문의 이름 대신 신화를 현실로 불러온 최치우는 자신만만한 미소를 지었다.

전 세계를 올림푸스와 최치우의 팬으로 만들 시간이 다가온 것 같았다.

2장
프로메테우스

소문이 돌고 있었다.

한동안 잠잠하던 올림푸스에서 대규모 기자회견을 연다는 소문이었다.

원래 확인되지 않은 이야기는 여의도 증권가에서 가장 빠르게 돌아다닌다.

오죽하면 증권가 지라시를 돈 주고 사서 받아보는 사람들도 있다.

올림푸스의 대표 최치우는 펜타곤과의 기술 제휴를 발표한 뒤 언론에 모습을 드러내지 않았다.

그러다 해가 바뀌고 모교인 S대에 10억을 기부하며 올림푸스 재단을 만들 거라는 인터뷰를 몇몇 매체와 했다.

사람들은 대학을 졸업하기도 전에 장학재단을 만들려는 최치우에게 환호했다.

안 그래도 국민적인 영웅으로 한번 인정을 받았으니 인기가 높아질 수밖에 없었다.

그 열기와 관심이 완전히 식기 전, 올림푸스의 기자회견과 관련된 소문이 돌기 시작한 것이다.

만약 의도된 스케줄이라면 그야말로 완벽한 타이밍이었다.

여의도에는 근거 없는 소문도 지라시가 되어 숱하게 돌아다닌다.

하지만 이번 소문은 정확했다.

실제로 올림푸스는 한여름 태양이 이글거리는 7월, 서여의도의 대형 컨벤션 홀을 빌렸다.

예전처럼 매체를 선별하지 않고 관심을 보이는 모든 언론사를 대상으로 기자회견을 열려는 것이다.

증권가 지라시가 돌고 나서 며칠이 지났다.

이제 올림푸스가 컨벤션 홀을 예약한 사실이 공공연한 비밀이 되어 알려졌다.

기자들은 물론이고 국회의원부터 공무원들까지 호기심을 참지 못했다.

하늘에서 뚝 떨어진 듯 나타나 세상을 놀라게 한 최치우가 과연 무슨 일로 대규모 기자회견을 여는지 궁금할 수밖에 없었다.

어중간한 일을 발표하기 위해 올림푸스가 기자회견을 열 리는 없었다.

올림푸스는 언론의 관심을 좇는 회사가 아니었다.

펜타곤과의 기술 제휴로 모든 언론이 최치우만 쫓아다닐 때도 모든 인터뷰 제의를 거절했다.

그러던 최치우가 컨벤션 홀까지 예약하며 기자회견을 준비한다는 것은 엄청난 사건이었다.

기자들은 어마어마한 발표가 있을 거라고 예상했다.

국내 언론뿐 아니라 서울에 거주하는 외신 기자들도 촉각을 곤두세웠다.

올림푸스는 내수용 기업이 아닌, 국제적 인지도를 가진 글로벌 기업이기 때문이다.

어쩌면 대한민국의 비상장 회사 중에서 가장 유명한 기업이 올림푸스일지도 모른다.

국민 호감도로 따지면 시가총액 압도적 1위를 자랑하는 오성그룹의 지주회사인 오성전자나 현기자동차그룹보다 올림푸스가 더 나을 것이다.

"올림푸스에서 연다는 기자회견, 대체 뭘까?"

"약품 쪽이라는 지라시가 있던데."

"약품? 제약?"

"그렇다고 하더라고. 근데 정확히는 관계자 아니면 알 수가 없으니까."

"펜타곤이랑 기술 제휴 맺고 두 번째로 발표하는 프로젝트가 설마 제약 쪽이겠어? 무슨 만능 회사도 아니고. 이번에도 무기나 신소재 개발, 이런 분야겠지."

"아무튼 펜타곤만큼 임팩트 있는 발표면… 기업 가치는 하늘을 뚫고 올라가겠구만."

"페이스북이나 알리바바가 상장하기 전 분위기로 가는 거지. 우리나라에도 이제 그만한 회사가 나올 때가 됐잖아?"

정장을 빼입고 여의도를 활보하는 금융권 펀드매니저와 애널리스트들 사이에서 최고 화제는 단연 올림푸스였다.

온라인 세계를 장악한 페이스북, 중국 대륙을 사로잡은 알리바바는 엄청난 기대를 받으며 기업 공개 절차를 밟았다.

두 회사의 주식은 뉴욕 증시를 마비시킬 정도였고, 지금은 모두가 알다시피 세계에서 손꼽히는 회사가 됐다.

올림푸스는 페이스북이나 알리바바 같은 초거대 글로벌 기업이 걸어온 길을 뒤따르고 있었다.

단순히 후발 주자로 답습하는 게 아니었다.

이제껏 어떤 회사도 도전하지 못한 전혀 새로운 분야에서 완전히 다른 차원의 성과를 내는 중이다.

심지어 오성그룹의 후계자인 이지용 부회장도 임동혁에게 직접 전화를 걸어 올림푸스의 지분을 사고 싶다고 말했다.

지금 올림푸스의 지분을 확보해 놓으면 설령 아무리 비싼 값을 치러도 상장이 됐을 때 어마무시한 이익을 얻을 게 뻔했다.

물론 회사 지분의 70%를 혼자 소유한 최치우는 0.1%도 팔 생각이 없었다.

그도 언젠가는 기업 공개와 상장 절차를 밟을 필요가 있다는 사실을 잘 알고 있었다.

그때를 대비해 틈틈이 주식에 대한 공부도 시작했다.

하지만 아직은 때가 아니었다.

올림푸스의 프로젝트들이 빛을 볼수록 지분의 가치는 기하급수적으로 상승한다.

최치우는 자신을 믿었고, 현대사회에 주식이라는 게 도입된 이후 가장 높은 가치를 인정받으며 상장할 작정이다.

누가 들으면 망상이 지나치다고 할 수도 있다.

그러나 최치우는 올림푸스를 이끌고 자신의 목표를 향해 뚜벅뚜벅 걸어가는 중이다.

전무후무한 해독제인 프로메테우스를 발표하고 나면 아무도 그의 야망을 비웃지 못할 것이다.

언제나 설마가 사람 잡는 법이고, 위대한 리더들은 빈털터리 시절부터 원대한 야망을 품었다.

미국이나 유럽이 아닌, 대한민국 회사 올림푸스가 전 세계 주식시장과 자본주의 역사를 새로 쓰는 대사건이 일어나지 말라는 법도 없다.

아직 공식적인 발표는 이뤄지지 않았다.

수면 아래에서 모두 숨을 죽이며 올림푸스와 최치우를 주시하고 있었다.

올림푸스가 기자들을 초청한 약속의 날, 7월이 성큼성큼 다가오고 있을 따름이다.

*　　　*　　　*

해가 떴다.

최치우는 아침 햇살이 쏟아지는 거실에 가부좌를 틀고 앉았다.

여느 날과 마찬가지였다.

그는 운기조식으로 하루를 시작했다.

단전에 응축된 내공을 천천히 끌어내 온몸 구석구석으로 한 바퀴 돌린다.

이를 대주천이라고 부른다.

대주천을 마치면 머리가 맑아지고 몸도 놀랍도록 가벼워진다.

그러면 잠을 많이 못 잤어도 피로는 남 이야기가 된다.

내공을 평생 수련한 무림 고수들은 100세가 넘어서도 젊을 때보다 더욱 정정했다.

불노불사(不老不死)는 아니지만, 내공 덕에 세월을 거스른 체력과 정신력을 유지할 수 있었던 것이다.

현대에 환생한 최치우는 금강나한권을 중심으로 무공을 수련했다.

천하제일검 이태민으로 살았을 때처럼 손에 잡히는 무공을 모두 배우기엔 시간이 부족했다.

대신 장점도 있었다.

정파무림의 종주인 소림사의 정통 비기를 집중적으로 수련한 덕분에 내공이 한층 심후해졌다.

덕분에 무공의 영향을 받아 세상을 바라보는 시야가 한층 맑고 깊어진 것 같았다.

마공을 중점적으로 익히면 패악을 부리기 쉽다.

반대로 정종 무공, 그것도 소림이나 무당 같은 정통파 무공을 익히면 나날이 무게감이 생긴다.

지금의 최치우에게는 금강나한권의 영향을 받은 게 아주 긍정적으로 작용하고 있었다.

현실에서의 나이는 고작 22살이지만, 그를 만나는 사람들마다 왠지 모를 무게감과 깊은 연륜을 절로 느끼기 때문이다.

올림푸스라는 배경이 없어도 최치우의 존재감은 점점 독보적으로 진화하고 있었다.

금강나한권의 기세만 최치우를 덮고 있는 게 아니었다.

현대에서 그의 마법은 6서클이 됐지만, 동해 바다와 동화되며 마나의 본질을 체험했다.

그로 인해 눈에 보이지 않는 마나의 축복 또한 최치우를 감싸고 있었다.

그렇기에 최치우는 누구를 만나도, 어떤 상황에서도 자신만의 아우라를 뿜어낼 수 있는 것이다.

에릭 한센처럼 세상을 한 손에 넣고 움직이는 오만방자한 인간을 만나도, 또는 수백 명의 기자들을 앞두고도 마찬가지였다.

몇 시간 뒤면 최치우는 호기심을 가득 안고 몰려든 국내외 기자들을 상대해야 한다.

대규모 기자회견에서 그는 최소 100명이 넘는 베테랑 기자들을 압도하며 올림푸스가 개발한 해독제 프로메테우스에 대해 설명할 예정이다.

보통 분야를 막론하고 기업이 새 제품을 발표할 때는 대표가 인사말을 담당한다.

대신 제품에 대한 설명은 전문 프로덕트 매니저의 몫이다.

그러나 작고한 애플의 전 CEO인 스티브 잡스가 깔끔한 프레젠테이션으로 세계의 흐름을 바꿔놓았다.

이제는 대표들이 직접 제품에 대해 설명하며 프레젠테이션을 하는 게 낯설지 않아졌다.

최치우 역시 대표인 동시에 올림푸스의 비전과 계획을 가장 잘 아는 사람이다.

그는 단순히 프로메테우스라는 해독제를 설명하고 말 게 아니었다.

첫 번째 프로젝트로 신금속을 발굴하고, 두 번째 프로젝트로는 해독제를 개발한 올림푸스의 방향성과 비전에 대해 보다 명확하게 알려야 한다.

전 세계 사람들을 올림푸스의 팬으로 만들기 위한 첫걸음인 셈이다.

"긴장할 필요 없어. 있는 그대로… 우리의 이야기를 하면 되니까."

최치우는 나지막이 혼잣말을 읊조렸다.

억지로 꾸며낸 말을 하지는 않을 것이다.

올림푸스가 어떤 비전을 가졌는지, 어떤 그림을 그리며 프로메테우스를 개발했는지 최대한 솔직하게 털어놓을 작정이다.

뜨거운 물로 몸을 씻고 나온 그는 정장을 갖춰 입었다.

사무실 근처로 독립한 그는 한강이 내려다보이는 최고급 주상복합아파트 펜트하우스에 입주했다.

당연히 옷장에는 아톨리니나 브리오니, 키톤 같은 최고급 정장이 진열돼 있었다.

최치우가 딱히 명품을 좋아해서 비싼 옷을 고른 것은 아니었다.

롤스로이스 레이스를 덜컥 가져온 것처럼 그의 옷장도 임동혁의 작품이었다.

올림푸스의 대표답게 격식을 갖추는 자리에서는 최고의 모습을 보이라는 뜻이다.

정작 최치우는 임동혁이 꾸며놓은 옷장의 가치를 일일이 알지 못했다.

방금 꺼내 입은 체사레 아톨리니의 네이비 체크 정장 한 벌 가격이 천만 원이라는 것도 몰랐다.

그저 체형에 잘 맞는 슈트라 제법 비싸겠구나 짐작만 할 따름이다.

"오늘 전투도 멋지게 끝내고 와서 맥주 한잔해야지."

무력이 지배하는 세상에서 그는 피 튀는 전투를 밥 먹듯 겪었다.

때로는 검을 휘둘렀고, 때로는 마법을 펼쳤으며, 또 때로는 로봇을 조종했다.

하지만 현대의 전투는 달랐다.

여전히 군대가 존재하고 무력이 강한 나라가 패권을 유지하지만 실질적으로 세상을 움직이는 건 아이디어와 자본이었다.

현대에서의 전투는 얼마나 많은 사람들을 설득하고 감동시키느냐에 따라 성패가 갈렸다.

그저 상대를 죽이면 이기는 진짜 전투보다 훨씬 복잡하고 어려운 셈이다.

최치우는 명검(名劍)이나 전설적인 아티팩트, 살상병기를 탑재한 로봇 대신 몸에 딱 붙는 나폴리 슈트를 입었다.

현대의 남자에게는 정장이 곧 갑옷이다.

주차장으로 내려와서는 적토마 대신 롤스로이스 레이스를 탔다.

미리 예약해 둔 대형 컨벤션 홀은 같은 여의도라 그리 멀지 않았다.

최치우는 제법 일찍 도착해 차를 세우고 기자회견장을 둘러보러 왔다.

올림푸스 직원들은 그보다 더 먼저 나와서 준비를 마친 상태였다.

"오셨어요, 대표님?"

"대표님, 좋은 아침입니다!"

최치우를 본 직원들이 하나둘 인사를 해왔다.

그들에게 일일이 미소로 화답한 최치우는 컨벤션 홀을 살펴봤다.

드넓은 객석이 곧 기자들로 꽉 차게 된다.

한국어와 영어를 비롯해 세계 각국의 언어로 작성될 기사는 순식간에 전 세계를 흥분시킬 것이다.

최치우는 두 눈을 감았다.

그는 기자회견을 상상하며 이미지 트레이닝을 했다.

콧대 높은 부자들이 앞장서서 프로메테우스를 구입하기 위해 줄을 서는 광경.

그렇게 P—1을 팔아 버는 막대한 수입으로 P—2를 만들어 분쟁 지역의 가난한 사람들을 살리면 영웅이 될 수 있다.

사람을 죽여서 영웅이 된 적은 많지만, 사람을 살려서 영웅이 된 적은 없었다.

"사람을 살리는 영웅……."

최치우는 아무도 듣지 못하게 낮은 목소리로 곱씹으며 감고 있던 눈을 떴다.

프로메테우스를 세상에 선보일 시간이 다가왔다.

* * *

핀 조명이 한 사람을 비추고 있었다.

단상에 선 최치우의 검은 눈동자가 좌중을 압도했다.

사회자의 소개를 받아 등장한 그는 아직 한마디 말도 꺼내지 않았다.

그렇지만 자리에 앉은 200여 명의 기자들은 침을 꼴깍 삼키며 최치우를 주시했다.

혹시 그가 하는 말을 한마디라도 놓칠까 봐 서로에게 말을 걸 생각도 하지 않고 있었다.

넓은 컨벤션 홀이 최치우의 등장으로 일시에 조용해진 것이다.

이전까지의 순서는 오프닝에 불과했다.

국내외 기자들은 오직 최치우의 프레젠테이션을 보기 위해 여의도로 모였다.

과연 최치우가 어떤 발표를 할지 다들 눈을 빛내며 정신을 집중했다.

"안녕하세요. 올림푸스의 대표 최치우입니다."

최치우는 짤막하게 자기소개를 했다.

어차피 여기 모인 기자들 중 최치우를 모르는 사람은 없었다.

그는 자리를 빛내줘서 감사하다는 등 허례허식을 차리지도 않았다.

쓸데없는 미사여구로 시간을 끌지 않고 곧장 자기 페이스대로 발표를 시작했다.

"작년 올림푸스는 신금속을 찾아냈고 펜타곤과 기술 제휴를 성사시켰습니다. 여전히 펜타곤에서는 연구 개발이 한창이며 올림푸스는 몇몇 프로젝트에 직접적으로 관여하고 있습니다."

최치우는 먼저 올림푸스의 이름을 세계에 각인시킨 첫 번째 프로젝트의 현황을 알려줬다.

식사로 따지면 애피타이저 샐러드를 제공한 셈이다.

이제는 메인 디쉬에 대한 기대감을 불러일으키는 파스타가 등장할 차례였다.

"그 후 수많은 문의와 취재 요청이 있었지만 올림푸스는 두 번째 프로젝트를 준비하는 데 집중했습니다. 말이 아닌 결과로 증명하는 것이 기대와 성원을 보내준 국민들에게, 올림푸스의 팬들에게 진짜로 보답하는 길이라 믿었기 때문입니다."

올림푸스는 말이 아닌 결과로 증명한다.

내일 자 신문 헤드라인으로 뽑기 딱 좋은 멘트였다.

최치우는 기자들에게 적절한 먹잇감을 던져주며 기대감을 고조시켰다.

두 번째 프로젝트라는 단어가 튀어나온 순간, 기자들은 일제히 흥분할 수밖에 없었다.

최치우가 이 자리에서 올림푸스의 두 번째 프로젝트를 발표한다는 게 확실해졌기 때문이다.

"먼저 화면을 보시죠."

최치우는 단상 중앙에서 옆으로 걸음을 옮겼다.

그의 걸음걸이에 맞춰 대형 화면에 그래픽 이미지가 떠오르고 있었다.

"그리스 신화에서 프로메테우스는 인간들에게 불과 문명을 선물합니다. 그 대가로 독수리에게 간을 쪼이며 고문을 받게 되죠. 그리고 지금 우리가 사는 지구에는… 오염된 식수를 마셔서 죽어가는 사람들이 있습니다. 그리스 신화의 프로메테우스가 미개한 인간들에게 불을 선물한 것처럼 우리는 분쟁 지역의 사람들에게 오염된 식수의 공포로부터 벗어날 수 있는 약을 선물해야 합니다."

화면에는 그리스 신화를 현대적으로 재구성한 그래픽이 영화처럼 펼쳐졌다.

동시에 중동이나 아프리카의 분쟁 지역에서 가난한 사람들, 난민들이 겪는 참상이 재생됐다.

"그리고 또 다른 사람들을 살펴볼까요? 국가의 지도자와 정치인들, 국제적인 부호들은 보디가드를 대동하고 다니지만… 경호원이 많아도 해결할 수 없는 문제가 있습니다."

화면이 완전히 바뀌었다.

대규모 경호단을 대동하고 다니는 유명 인사들의 모습이 영상으로 나왔다.

최치우가 프레젠테이션을 시작한 지 5분도 지나지 않았다.

하지만 그는 벌써 좌중을 쥐락펴락하며 자유자재로 갖고 놀고 있었다.

"그들도 중독으로부터 자유로울 수 없습니다. 유명하고 영향력이 클수록 불시에 찾아오는 중독의 위협은 더 높아지겠죠. 게다가 언제, 어디서 오염된 음식물을 먹고 위험에 처할지도 모릅니다. 그러나 한 알의 해독제로 목숨을 구할 시간을 벌 수 있다면, 아무리 지독한 독을 먹었어도 최고의 의료진을 만나기까지 시간을 벌어주는 해독제가 있다면!"

"……."

기자들 중 누구 하나 선불리 말을 꺼내지 못했다.

다들 최치우의 다음 말만 기다리고 있었다.

"세계의 리더들은 중독의 위험에서 해방되게 될 겁니다. 적어도 독이나 오염으로 급사하는 비율은 현저히 낮아지겠죠. 올림푸스에서 개발한 프로메테우스 원 P—1은 해독제의 패러다임을 바꿔놓았습니다. 또 P—1의 성능을 조절하여 개발한 P—2는 가난한 사람들이 오염된 식수로 인해 사망하는 치사율을 급격히 떨어뜨릴 겁니다. P—1과 P—2, 올림푸스가 세상에 내놓은 두 번째 신화적 프로젝트 프로메테우스를 소개합니다!"

지금까지와 달리 다소 복잡한 수식과 전문 용어가 화면을 가득 채웠다.

프로메테우스의 성능과 안정성을 보장하는 실험 결과였다.

"와아—!"

"이, 이건… 미친 거 아냐?"

"말도 안 되잖아. 우리나라, 아니, 전 세계 제약회사들을 다 뒤집어놓는 걸 들고 나오다니……."

그제야 기자들은 참고 있던 감탄과 탄식을 터뜨렸다.

"What the… this is bloody amazing(이게 무슨… 이건 진짜 미칠 정도로 놀라운 일이야)!"

"Unbelievable project, unbelievable corporation, and

what an unbelievable CEO CHOI(믿기 힘든 프로젝트, 믿기 힘든 회사, 그리고 진짜로 믿기 힘든 CEO 최치우잖아)!"

외신 기자들 사이에서도 잔뜩 격앙된 반응이 흘러나왔다.

그럴 수밖에 없었다.

올림푸스는 불과 작년에 첫 번째 프로젝트를 선보이며 등장한 회사이다.

첫 번째 프로젝트도 성공적이었는데 2년도 지나지 않아 획기적인 해독제를 개발한 것이다.

신금속 발견과 해독제 개발.

첫 번째 프로젝트와 두 번째 프로젝트 사이의 갭이 너무 컸다.

대체 올림푸스는 뭐 하는 회사인지, 최치우의 한계는 어디인지 짐작도 안 갈 정도였다.

최치우는 경악에 빠진 기자단을 쳐다보며 미소를 지었다.

바로 이런 반응을 원했다.

이 순간을 위해 스스로 독이나 다름없는 해독제 샘플을 집어삼키며 인고의 시간을 겪은 것이다.

앞으로 한동안은 프로메테우스에 대해 의심하는 이야기가 튀어나올 것이다.

그러나 프로메테우스의 약효는 공식적인 인증을 받았고, 당장 시판해도 문제가 없었다.

최치우는 술렁거리는 기자단을 향해 쐐기를 박았다.

"P—1의 초기 수량은 매우 한정적입니다. 따라서 올림푸스

내부의 검증 절차를 통과한 고객에게만 우선적으로 판매할 예정입니다. P—2를 분쟁 지역에 배포하는 로드맵은 차차 밝혀 나가겠습니다."

쉽게 말해 돈이 있어도 아무에게나 프로메테우스를 팔지 않겠다는 뜻이다.

베테랑 기자들은 프로메테우스의 가격이 얼마나 천문학적으로 뛰어오를지 어렵지 않게 상상할 수 있었다.

올림푸스의 첫 번째 프로젝트는 즉각적으로 세상을 바꾸진 않았다.

펜타곤에서 미쓰릴을 이용한 연구 개발이 끝나려면 시간이 꽤 걸린다.

하지만 두 번째 프로젝트는 당장 판도를 바꾸는 게임 체인저가 됐다.

제약회사들은 물론이고 세계에서 힘 좀 쓴다는 사람들이 올림푸스의 프로메테우스만 쳐다보게 될 것이다.

22살의 최치우는 자신의 계획대로 세상을 먹어치우기 시작했다.

*　　　*　　　*

"올림푸스 홍보팀 김지연 대리입니다. 네? 삼양건설 오 회장님 비서실이라구요? 아, 죄송합니다. P—1은 전화로 판매하지 않고 있습니다. 메일을 보내주시면 초도 물량을 배정할 예정입니다. 네? 오 회장님이 어떤 분인지 모르냐고요? 알고 있죠. 재계 서열 20위 안에 드는 삼양건설 회장님이신데요. 그런데 외람되지만, 애플 아시죠? 애플의 티미 쿡 CEO도 메일로 접수하셨어요. 예외를 두지 말라는 저희 대표님 특별 지시가 있어서 다시 한번 양해를 구하겠습니다."

김지연 대리는 전화를 끊고 이마에 흐르는 땀을 닦았다.

벌써 1주일이 넘도록 밀려드는 전화에 업무가 마비될 지경이다.

이유는 간단했다.

프로메테우스를 구입하려는 사람들의 문의가 쇄도했기 때문이다.

재벌, 대기업 오너, 국회의원, 장관 등 힘 좀 쓰고 돈 좀 있다는 사람들은 어떻게든 프로메테우스를 구입하려 했다.

만일의 사태를 대비해 그들의 생명을 지켜줄 수 있는 동아줄이니 돈이 중요한 게 아니었다.

판매 물량을 철저히 통제하겠다는 최치우의 선언이 사람들을 더욱 안달 나게 만들었다.

아직 공식적으로 가격을 알리지도 않았는데 벌써 한 알에 억이 넘을 거라는 말이 무성했다.

보통 사람들은 상상할 수 없는 액수였다.

물론 보통 사람들에게는 굳이 프로메테우스가 필요하지도 않았다.

평범한 일상에서 중독의 위험을 느낄 가능성이 거의 없기 때문이다.

어쨌거나 올림푸스 홍보팀은 마치 CS팀이 된 것처럼 하루 종일 전화를 받아야 했다.

사태의 심각성을 느낀 백승수가 적극적으로 건의해서 별도의 CS 대행업체를 고용했다.

그럼에도 불구하고 올림푸스 사무실 번호를 알아내 전화를 거는 사람들이 넘쳐났다.

최치우와 임동혁은 대표실 안에서 이 광경을 지켜보고 있었다.

"사태가 진정되지 않고 더 심해집니다. 수를 써야 할 것 같습니다만."

임동혁이 먼저 말문을 열었다.

최치우는 방금 수화기를 내려놓은 김지연 대리가 다시 전화를 받는 모습을 봤다.

"예상은 했지만 열광적인 반응이군요. 특히 한국 재벌과 국회의원들이 이렇게 미친 듯이 프로메테우스를 사려고 할 줄은 몰랐습니다."

"몰랐습니까? 우리나라 부자와 정치인들이 자기 몸 지키는 건 세계 제일입니다."

임동혁이 자조적인 어조로 말하며 웃음을 흘렸다.

그 역시 우리나라 부자에 속한다.

그렇기에 더더욱 재벌과 정치인들의 속성을 잘 아는 것이다.

"이만하면 국내와 해외의 주요 인물들이 P-1을 사려고 충분히 줄을 섰고… 슬슬 가격을 공개하고 초기 구매자 선별에 들어갈 타이밍이네요."

최치우는 때가 무르익었다고 판단했다.

전 세계의 거물들로 하여금 차고 넘치도록 안달이 나게 만드는 데 성공했다.

"알고 있겠지만 무작정 P-1을 찍어낼 순 없습니다. 허철후 어르신이 최대한 구하기 쉽고 저렴한 약재 위주로 세팅을 했어도 일반 양약처럼 대량 생산이 가능한 구조는 아닙니다."

"그러니까 더 비싸게 받아야 하지 않겠습니까."

임동혁은 기대감 어린 눈빛으로 최치우를 쳐다봤다.

한계를 모르는 괴물이 과연 프로메테우스 한 알에 얼마의 가격을 책정할지 궁금했다.

"초도 물량은 50개로 한정하겠습니다. 이후 다시 50개를 풀고 내년까지 총 300개 정도를 생산해서 판매할 예정입니다. 300개를 만든 다음에는 다시 약재를 구하면서 숨을 골라야죠."

"우선은 딱 적당한 수량 같습니다. 그런데 가격은……?"

"임 이사님은 얼마를 예상하세요?"

최치우가 먼저 질문을 던졌다.

임동혁은 잠시 뜸을 들이다가 크게 질렀다.

"상식적이진 않지만 우리 최 대표님이라면 개당 1억은 받겠다고 나설 것 같습니다. 음, 아닌가? 역시 해독제 한 알에 1억은 좀 너무한 겁니까?"

임동혁은 대답을 해놓고 지레 찔리는지 고개를 갸웃거렸다.

제아무리 대단한 해독제라고 해도 한 알에 1억은 너무 과하다는 생각이 들었다.

그러나 최치우는 피식 웃으며 고개를 저었다.

"우리는 글로벌 기업이니까 이왕이면 달러로 가격을 정해야죠."

"그럼……?"

"깔끔하게 100만 달러. 양보할 생각은 없습니다."

"100만 달러!"

임동혁은 저도 모르게 목소리를 높였다.

해독제 한 알에 100만 달러, 우리 돈 12억은 말이 안 되는 액수이다.

"아니, 100만 달러라니……."

"안 살 것 같죠? 장담하는데 50개의 초도 물량은 우리가 구매자를 선별해서 의사를 물어보면 하루 안에 다 팔릴 겁니다."

최치우는 자신만만했다.

그는 임동혁 이상으로 상류층이 자신의 목숨에 집착하는 본성을 잘 알고 있었다.

여러 차원을 거치며 귀족과 왕족들을 곁에서 지켜봤기 때문이다.

언제 찾아올지 모르는 위기의 순간, 프로메테우스는 결정적으로 생명을 구해줄 수 있다.

그렇다면 100만 달러는 절대 아까운 돈이 아니었다.

"50개만 팔아도 600억 원을 벌게 되는 겁니다."

계산을 마친 임동혁이 흥분을 가라앉히며 말했다.

600억 원은 시작에 불과하다.

최치우의 계획대로 내년까지 300개를 판매하면 무려 3,600억 원이다.

해독제는 만일을 대비한 것이기에 한번 구매한 사람이 다시 사는 일은 드물 게 뻔했다.

그렇기에 점차 판매는 줄어들겠지만, 적어도 300개는 팔아치울 자신이 있었다.

시간이 꽤 흘러도 꾸준히 수요는 있을 것이다.

무엇보다 프로메테우스의 특허권 자체가 값을 따지기 힘든 가치를 지녔다.

제약회사가 이만한 신약을 개발하면 주식이 미친 듯이 폭등한다.

올림푸스는 비상장 기업이지만, 그 가치는 물밑에서 펄펄 끓어오르며 폭발하고 있었다.

"어떻습니까? 내가 말한 대로 100만 달러에 50개를 순조롭게 팔아치우면 그다음부터는 P—2를 만들어 분쟁 지역의 식수 오염을 해결하는 데 나서도 되겠죠?"

"알겠습니다. 그렇게 되면 노벨평화상 후보에 올라갈지도 모릅니다."

임동혁은 농담을 섞어 말했지만, 실현 불가능한 일은 아니었다.

최치우와 올림푸스가 P—1으로 번 돈을 투자해 분쟁 지역의 치사율을 떨어뜨리면 노벨평화상을 받지 말라는 법도 없다.

최치우는 가볍게 웃으며 말했다.

"노벨평화상은 노르웨이에서 수상하죠? 재밌겠네요."

이토록 대수롭지 않게 노벨상을 언급할 수 있는 사람이 몇이나 될까.

최치우는 뉴욕에서 만난 에릭 한센이 노르웨이 출신임을 기억했다.

그의 조국 노르웨이로부터 가장 영광스러운 상을 받는 것도 나쁘지 않을 듯싶었다.

'곧 다시 만나자, 에릭 한센.'

22살의 나이로 세계를 움직이기 시작한 최치우는 천외천을 향해 비상하고 있었다.

머지않아 세상의 정점에서 진짜 괴물들과 치열한 싸움을 시작하게 될 것 같았다.

3장
로열 로드

"최 대표님, 기분 좋게 샴페인이나 한번 터뜨립시다."

임동혁이 지나가는 말투로 최치우를 초대했다.

프로메테우스의 개발부터 출시 기자회견까지 숨 가쁘게 달려온 건 최치우 혼자만이 아니다.

올림푸스에 합류한 직원들도 전쟁 같은 시간을 잘 견뎌냈다.

물론 그만큼의 보상이 뒤따르지만, 한 번씩 숨을 돌리며 쉬어줄 필요가 있었다.

불이 난 전화통을 붙들고 시달린 홍보팀 직원들에게는 특히 휴식이 절실했다.

최치우는 직원들에게 특별 휴가를 선물했고, 업무에 공백이 없도록 백승수가 나서서 스케줄을 짰다.

S대의 미래 에너지 탐사대에서 백승수와 이시환을 데려온 건 탁월한 선택이었다.

백승수는 최치우가 놓치기 쉬운 자질구레한 일들을 꼼꼼하게 챙기며 살림꾼 역할을 했다.

이시환은 조금만 더 경험을 쌓으면 최치우가 없는 곳에서 리더 역할을 맡겨도 될 만한 사람이다.

두 사람의 합류로 인해 최치우는 올림푸스의 직원들이 늘어남에도 큰 걱정을 하지 않을 수 있었다.

최치우는 임동혁의 파티에 백승수, 이시환, 그리고 리키와 함께 참석하기로 했다.

정작 초대를 받은 최치우는 무덤덤했지만 동행하게 된 세 명은 어린아이처럼 신이 난 티를 팍팍 냈다.

특히 이시환과 리키는 호흡이 아주 잘 맞았다.

약속 시간에 맞춰 옷을 쫙 빼입고 나타난 그들은 기대감을 숨기지 못했다.

"임 이사님이 여는 파티면 스케일이 장난 아니겠지? 어쩌면 연예인도 올 거 같은데?"

"연예인? 무비스타? 와우!"

"영화배우보단 아이돌이지! 리키는 누구 좋아하는 연예인 없어요?"

"나는… 소녀시대!"

"오, 역시 보는 눈이 있단 말이에요. 소녀시대도 왔으면 좋겠다."

최치우는 둘의 대화를 들으며 한숨과 함께 고개를 절레절레 내저었다.

그는 백승수를 바라보며 입을 열었다.

"어쩐지 저 두 사람은 떼어놓고 오고 싶더라니. 선배는……?"

다른 사람은 몰라도 백승수만은 평정을 지키고 있으리라 기대했지만, 그 역시 크나큰 착각이었다.

그 역시 말을 많이 하지 않을 뿐 커다란 안경을 치켜 올리며 잔뜩 상기된 얼굴로 실실거리고 있었다.

"아, 진짜 소녀시대 한 번만 보면 소원이 없겠다, 소원이 없겠어."

"선배까지……."

최치우는 한숨을 푹 내쉬며 빨리 걸어갔다.

하지만 세 사람의 추태 아닌 추태가 싫지만은 않았다.

이렇게라도 올림푸스의 핵심 멤버들이 스트레스를 풀 수 있다면 약간의 부끄러움은 얼마든지 용납 가능했다.

"대충 다 온 것 같은데."

최치우가 고개를 높이 들었다.

파티에서 술을 마실 게 뻔하기 때문에 일부러 차를 놔두고 왔다.

오랜만에 지하철을 타고 멤버들과 함께 움직이는 기분도 색달랐다.

몇몇 사람들이 최치우의 얼굴을 알아보는 것 같았지만, 다른 멤버들이 자연스레 시선을 차단해 줬다.

마치 연예인과 매니저들이 지하철을 이용할 때 나오는 모습과 흡사했다.

그렇게 지하철역에서 나와 10분 정도 걷자 임동혁이 알려준 빌딩이 보였다.

"와! 완전 높다!"

이시환이 탄성을 흘렸다.

잠실에 우뚝 선 LS그룹의 123층 타워만큼은 아니지만, 충분히 위용을 느낄 수 있었다.

임동혁은 파티 장소로 청담동에 들어선 최고급 호텔의 라운지를 통째로 빌렸다.

하루 대관료와 술, 음료, 음식 등 케이터링 비용을 합하면 억대가 훌쩍 넘는다.

보통 강남에서는 돔 페리뇽 한 병에 70만 원, 아르망디 한 병에 200만 원 정도를 받는다.

임동혁은 아르망디만 100병을 진열해 놓을 거라고 호언장담했다.

그럼 다른 술을 제외하고 아르망디에만 2억을 쓰는 셈이다.

보통 사람들은 이해할 수 없는 상식 밖의 파티다.

하지만 임동혁에게는 그리 새삼스러울 것 없는 이벤트였다.

올림푸스 안에서는 최치우에게 구박을 받는 캐릭터지만, 그는 재계 서열 10위 안에 들어가는 대기업 한영그룹의 후계자이다.

백승수와 이시환도 최치우 덕분에 어마어마한 스케일의 파티에 초대를 받고 나서야 새삼 임동혁이 재벌 2세라는 걸 체감했다.

"들어가죠."

최치우는 넋 놓고 호텔을 둘러보는 일행을 이끌었다.

이시환과 백승수는 전 세계적 주목을 받는 올림푸스의 핵심 멤버지만, 아직 학생 티를 못 벗었다.

리키는 말할 것도 없이 갓 상경한 촌사람처럼 입을 헤벌쭉 벌리고 있었다.

"어떻게 오셨… 아, 죄송합니다."

라운지 입구에는 경호원과 안내 스태프들이 명단 체크를 하고 있었다.

당연하게도 초대 명단에 이름을 올린 사람들만 들어갈 수 있는 파티였다.

하지만 최치우 일행은 일일이 이름을 불러줄 필요가 없었다.

안내 스태프와 경호원 모두 금방 최치우의 얼굴을 알아봤기 때문이다.

"임 이사님은 왔어요?"

"네? 아, 네. 본부장님께서는 2층 VIP룸에 계십니다. 대표님

께서 오시면 모시라고 특별히 당부하셨습니다."

입구를 총괄하는 여직원은 모델 뺨치는 키와 미모를 자랑했다.

돈 쓰는 데 일가견이 있는 임동혁은 작은 부분 하나도 허투루 선택하지 않았다.

최치우는 고개를 끄덕이며 그녀의 안내를 받았다.

그와 함께 온 세 명도 프리 패스였다.

쿵! 쿵! 쿵! 쿵!

흥겨운 음악이 분위기를 띄우고 있었다.

이미 제법 많은 사람들이 한 손에 샴페인 잔을 들고 파티를 즐기고 있었다.

복층으로 이뤄진 라운지는 최치우의 생각보다 훨씬 더 넓었다.

"저거다!"

그때 이시환이 손가락을 들어 어딘가를 가리켰다.

"와우, 어메이징! 안 그래요, 사부?"

리키는 기다렸다는 듯 환호성을 지르며 눈을 크게 떴다.

백승수도 놀란 표정이었다.

DJ가 음악을 트는 부스 옆으로 황금색 아르망디 100병이 나란히 진열돼 있었다.

무려 2억에 달하는 술이다.

아르망디 100병을 한 번에 보는 것 자체가 진풍경이었다.

사진이라도 한 장 찍어 남기고 싶은 광경이었으나, 임동혁의 파티에서는 사진을 찍는 게 금지돼 있었다.

초호화 파티가 알려지면 괜한 구설수에 휘말릴 수 있고, 참가자들의 프라이버시를 보호해야 하기 때문이다.

"일단 올라가서 임 이사님부터 만나고 그다음에는 알아서들 놉시다."

최치우는 예상보다 더 화려한 파티 면면을 지켜보며 걸음을 옮겼다.

2층으로 올라가는 계단 입구에는 또 다른 경호원들이 지키고 있었다.

파티에 초대를 받았어도 VIP룸이 있는 2층은 아무에게나 허락되지 않은 공간이었다.

물론 널리 알려진 최치우의 얼굴은 어디든 통과할 수 있는 입장권이나 다름없었다.

임동혁은 혹시라도 경호원들이 최치우를 못 알아볼까 봐 미리 신신당부를 해놓았고, 만일의 사태에 대비해 입구에서부터 여직원이 안내를 했다.

2층에 올라서니 1층 라운지가 한눈에 내려다보였다.

위에서 아래로 각양각색의 사람들을 바라보며 우월감을 느끼기 딱 좋은 장소였다.

임동혁의 VIP룸을 제외하고도 2층에는 바(Bar)를 포함해 춤을 추는 공간이 따로 있었다.

"승수 형, 저기 영화배우 이지연 맞죠?"

"그 옆에는 원오원 장다니엘이잖아. 임 이사님 클래스가 다르다, 진짜."

이시환과 백승수는 2층에서 파티를 즐기고 있는 연예인들을 보며 입을 다물지 못했다.

얼굴만 봐도 알 만한 사람들은 대부분 2층에 있는 것 같았다.

물론 그들도 1층에서 올라온 최치우 일행을 의식했다.

누구든 오늘 파티 라운지의 2층에 올라왔다는 것은 자기 영역에서 최고로 잘나간다는 뜻이기 때문이다.

"이 안에 계십니다."

여직원은 라운지를 통틀어 단 하나밖에 없는 VIP룸의 문을 열었다.

문이 열리자마자 보이는 것은 상석에 앉아 있는 임동혁이었다.

룸 안에는 10명 남짓한 사람들이 있었는데, 절반은 온 국민이 다 아는 연예인이었다.

나머지 절반은 임동혁의 재계 인맥인 것 같았다.

"어, 우리 최 대표님! 언제 오나 목 빠지게 기다리고 있었습니다."

임동혁은 벌떡 일어서 최치우를 반갑게 맞이했다.

파티의 호스트이자 재계 서열 10위권의 후계자 임동혁으로부터 이런 환대를 받을 수 있는 사람은 한 명뿐이었다.

설령 오성그룹의 이지용 부회장이 와도 지금처럼 대우를 받진 못할 것이다.

다들 최치우를 주목했고, 그의 얼굴을 알아본 이들은 일반인이 연예인을 봤을 때처럼 눈을 크게 떴다.

언론에 모습을 잘 드러내지 않는, 그러나 인지도로 따지면 어느 한류스타와 붙어도 꿇리지 않는 국민 영웅.

올림푸스의 최치우가 진짜 나타났기 때문이다.

"화려하네요. 아무튼 돈 쓰느라 고생이 많습니다."

최치우는 평소처럼 임동혁을 대했다.

하지만 룸 안에 있던 사람들, 특히 연예인들은 최치우의 행동에 깜짝 놀랐다.

임동혁에게 저런 식으로 말하는 사람을 한 번도 본 적이 없기 때문이다.

물론 임동혁은 시원하게 웃으며 고개를 끄덕였다.

"드디어 우리 최 대표님도 돈 쓰는 게 얼마나 어려운 일인지 알아주는 것 같아 기쁩니다. 사실 맨해튼에서 간 파티보다 무조건 더 나으려고 신경 좀 썼습니다."

"확실히 파티에서는 우리가 이긴 것 같군요."

"하하하, 파티로 시작해서 전부 다 잡아먹고 싶습니다. 싸가지 없는 양놈들."

임동혁이 거친 말을 쏟아냈다.

그 역시 맨해튼의 파티에서 느낀 바가 적지 않았던 것이다.

최치우만 에릭 한센과 기 싸움을 한 게 아니었다.

임동혁은 한국의 대기업을 옆 동네 구멍가게처럼 여기던 뉴욕의 신흥 재벌들에게 한 방 먹이고 싶었다.

확실히 최치우와 함께하면서 임동혁의 스케일도 꽤나 달라졌다.

예전에는 뉴욕과 실리콘밸리의 거물들을 경쟁 상대로 여길 생각조차 못했다.

그러나 이제는 올림푸스와 함께 차원이 다른 싸움을 하고 있었다.

기업 규모만 따지면 올림푸스는 여전히 다윗이고 한영 그룹은 골리앗이다.

하지만 다윗이 골리앗을 쓰러뜨린 것처럼 올림푸스는 새로운 역사를 쓰는 주인공이다.

임동혁이 한영그룹에서 후계자로 확실히 인정을 받게 된 것도 최치우와 올림푸스 덕분이다.

그렇기에 아드레날린 중독으로 악명이 자자하던 임동혁은 최치우를 각별하게 생각할 수밖에 없었다.

"아아, 오늘 같은 날에는 일 이야기는 그만하고 그냥 놀아야지 않겠습니까. 시환 씨랑 승수 씨, 그리고 리키도 놀고 싶어 몸이 근질근질한 얼굴입니다."

임동혁이 최치우 뒤에 서 있는 셋을 가리켰다.

최치우는 피식 웃으며 고개를 끄덕였다.

"다들 마음껏 놀아요. 밑에 있는 아르망디인가? 그거 한 열 병씩 마시고."

"이따 내가 멋지게 테이블마다 아르망디 다 돌리려 했는데 그냥 시환 씨나 승수 씨가 해도 됩니다. 스태프에게 말해놓겠습니다."

임동혁은 아르망디 100병을 이시환과 백승수에게 넘겼다.

2억 어치 술을 마치 소주 한 병 넘기듯 알아서 하라고 맡긴 것이다.

"감사합니다, 이사님. 그럼 재밌게 놀게요!"

"나중에 뵙겠습니다."

"씨 유, 브라더스!"

기다렸다는 듯 세 사람은 룸 밖으로 나갔다.

임동혁 덕분에 오늘 밤을 활활 불태우며 스트레스도 날릴 수 있을 것 같았다.

"대표님은 여기 앉아서 조용히 마시는 게 더 편하지 않습니까?"

"그러죠. 밖은 너무 시끄러워서."

최치우는 커다란 대리석 테이블의 끝자리에 앉았다.

그제야 VIP룸 안에 먼저 앉아 있던 다른 사람들의 면면이 눈에 들어왔다.

다들 임동혁이 최치우를 정식으로 소개시켜 주기만 기다리고 있었다.

오늘 파티에서 가장 핫한 사람은 다름 아닌 최치우였다.

한류스타, 아이돌, 재벌 2세 등은 프라이빗 파티나 사교 모임을 통해 끼리끼리 안면을 트고 지낸다.

반면 최치우는 어느 날 갑자기 나타나 대한민국과 전 세계를 뒤흔든 슈퍼 루키다.

한국 사회에서 만나기 힘든, 그야말로 상식의 틀을 파괴한 존재인 것이다.

"최 대표님, 여기 이쪽은 얼굴이 명함이라 소개 안 해도 누구인지 알 거라 생각합니다."

임동혁은 연예인들을 먼저 가리켰다.

드라마와 극장을 지배하는 남자 배우 두 명과 인기 걸그룹 멤버 세 명, 그리고 CF 한 번에 수십억을 받는 여배우 두 명은 짐짓 시크한 표정을 짓고 있었다.

그러나 최치우에게 시선이 향하는 걸 숨기지 못했다.

최치우는 가볍게 목례를 했다.

임동혁의 손님들이고 편한 마음으로 온 파티이다.

그도 파티를 즐길 준비가 돼 있었다.

"그리고 여기 얼굴이 명함이 아닌 분들은 태성건설과 유림증권, 대신투자신탁에서 오셨습니다. 다들 아시다시피 우리 올림푸스의 최치우 대표님입니다."

최치우는 임동혁의 재계 인맥들과도 인사를 했다.

파티가 한창인 라운지의 공기는 뜨겁지만, VIP룸 안에는 어색한 기류가 흐르고 있었다.

그러나 분위기를 띄우는 건 임동혁의 전문이다.

최치우를 만나기 전까지 그는 자타 공인 재계 최악의 미친놈으로 불렸으니까.

타악—!

"자, 그럼 최 대표님도 왔고……. 어디 한번 죽어라 마셔들

봅시다!"

임동혁이 얼음 버킷에서 샴페인 한 병을 꺼냈다.

아르망디보다 더 귀한 러시아 황제의 샴페인 루이 레더러 크리스털이었다.

펑!

시원한 소리와 함께 샴페인이 열렸다.

독도, 미쓰릴과 펜타곤, 그리고 프로메테우스까지.

쉬지 않고 달려온 최치우는 임동혁이 건네는 샴페인 한잔을 마시며 가죽 소파에 몸을 묻었다.

방음벽을 거쳐 적당한 사운드로 들리는 음악도 마음에 들었다.

'음?'

그때, 최치우는 자신을 뚫어져라 쳐다보는 시선을 느끼고 고개를 살짝 기울였다.

고개를 기울인 최치우의 눈이 인기 절정의 걸그룹 트웬티즈의 나윤과 마주쳤다.

그녀는 최치우가 자신을 마주 보자 아주 살짝 미소를 지었다.

최치우의 파티도 비로소 시작될 것 같았다.

* * *

임동혁은 최치우가 유명인들이 대거 모인 파티에 적응하지 못할 거라고 생각했다.

맨해튼의 파티에서도 최치우는 별로 즐거워하는 모습을 보이지 않았다.

물론 에릭 한센이라는 적수를 만나 설전을 나누느라 파티에 집중할 틈이 없었지만, 노는 걸 좋아하는 타입은 아닌 것 같았다.

하지만 임동혁의 예상은 완전히 빗나가고 있었다.

최치우는 대리석 테이블 위에 놓인 루이 레더러 크리스털과 아르망디, 돔페리뇽 등 값비싼 샴페인을 물처럼 마셨다.

단순히 혼자서 과음하는 게 아니었다.

자연스레 분위기를 주도하며 샴페인을 땄고, 과하게 나서지 않으면서도 주어진 대화를 이끌었다.

VIP룸 바깥의 음악 소리는 점점 커졌고, 최치우의 얼굴도 살짝 붉어졌다.

내공을 이용하면 순식간에 알코올을 다 태워 버릴 수 있다.

그러나 즐기겠다고 마음먹었기에 취기를 내버려 뒀다.

어차피 일정 수준 이상으로 주독(酒毒)이 오르면 만독불침의 기운이 알아서 정화해 버릴 것이다.

"최 대표님, 펜타곤에 협상하러 갔을 땐 무섭지 않았어요? 잘못하면 쥐도 새도 모르게 사라질 수도 있었을 것 같은데……."

"펜타곤? 거기도 사람 사는 동네이고 다들 월급 받는 직장인들이죠. 굳이 무섭게 생각할 이유가 없었습니다."

"이야, 역시! 그러고 보면 펜타곤에서 일하는 사람들도 퇴근하고 집에 가면 마누라에게 바가지 긁히겠지?"

최치우는 펜타곤에 대해 궁금해하는 사람들의 질문에 대답해 주고 있었다.

그는 알려줄 수 있는 부분만 언급하며 호기심 가득한 사람들을 들었다 놨다 했다.

어느새 시크한 표정을 짓던 연예인들은 물론이고 태성건설과 유림증권의 후계자들도 최치우의 이야기에 완전히 빠져들었다.

테이블 중앙에서 그 모습을 지켜보던 임동혁은 속으로 혀를 내둘렀다.

아무리 생각해 봐도 최치우라는 사람은 너무 사기 캐릭터 같았다.

상식을 초월하는 능력으로 올림푸스를 일으킨 것까지는 이해할 수 있었다.

하지만 파티 같은 사교 모임에서 대화를 주도하는 건 또 다른 문제이다.

경험이 없으면 불가능한 일이기 때문이다.

'도대체 못 하는 게 뭐란 말이지…….'

임동혁은 최치우를 빤히 쳐다볼 수밖에 없었다.

질투나 시기심이 드는 것은 아니었다.

이미 그런 감정 따위를 느낄 단계는 지나도 한참 지났다.

임동혁은 단 한 번도 최치우를 경쟁 상대로 생각해 본 적이 없었다.

처음 만났을 때부터 진면목을 알아갈수록 괴물이라고 여길 따름이다.

그저 신기했다.

도저히 풀 수 없는 미스터리와 한솥밥을 먹고 있는 셈이다.

최치우가 입을 열 때마다 웃음을 터뜨리며 고개를 끄덕이는 사람들은 콧대 높기로 유명하다.

한류스타에 아이돌, 재벌 2세, 어디를 가도 주인공으로 대접을 받는 사람들이다.

그렇지만 지금은 최치우의 한마디, 한마디에 집중하며 들러리가 되길 마다하지 않고 있었다.

특히 트웬티즈의 나윤과 영화배우 김수연은 최치우를 노골적으로 뚫어져라 쳐다보고 있었다.

임동혁은 묘한 기류를 금방 눈치챘다.

물론 당사자인 최치우도 두 명의 톱스타가 자신과 더 가까워지길 원하는 걸 모르지 않았다.

누구를 선택할지 온전히 자신의 몫이다.

대화의 주제가 바뀔 때쯤, 최치우는 건너편에 앉아 있는 그녀에게 말을 걸었다.

“샴페인 말고 나가서 칵테일 마실래요?”

최치우가 말을 건 상대는 다름 아닌 트웬티즈의 나윤이었다.

그녀의 얼굴에 환한 웃음꽃이 피어났고, 반대로 영화배우 김수연은 미간을 찌푸렸다.

중국에서 CF 한 편에 50억 원을 받는 한류스타 김수연이 밀린 것이다.

최치우의 선택을 받은 나윤은 망설이지 않고 고개를 끄덕였다.

"좋아요. 안 그래도 좀 답답했어요."

"그럼."

최치우가 일어섰다.

그는 끝자리에 앉아 있었기에 걸리적거리는 게 없었다.

테이블 안쪽에 앉아 있던 나윤은 미니스커트를 손으로 가리며 걸어 나왔다.

임동혁은 최치우를 바라보며 눈을 찡긋거렸다.

재밌게 놀라는 뜻이다.

최치우는 입꼬리를 살짝 말아 올렸다.

임동혁은 모르지만 그에게 이런 파티는 전혀 낯설지 않았다.

현대에서는 제대로 놀아본 적이 없다.

하지만 무림에서 후기지수들과 대륙 최고의 미녀들이 모이는 회합을 수차례 경험했다.

아슬란 대륙에서는 왕실과 귀족들의 연회에 지겹도록 불려 나갔다.

무대와 음악만 다를 뿐, 각양각색의 파티 문화를 누구보다 잘 아는 사람이 바로 최치우였다.

쿵! 쿵! 쿵! 쿵—!

VIP룸 밖으로 나오니 비트가 고막을 때렸다.

음악이 크게 들리는 만큼, 1층에서 몸을 흔드는 사람들의 열기가 뜨거운 만큼 심장이 빨리 뛰었다.

이미 룸에서 샴페인을 많이 마셔서인지 나윤의 새하얀 얼굴도 붉게 물들어 있었다.

"이런 파티 오면 회사에서 뭐라고 하지 않아요?"

최치우는 그녀의 귓가 가까이 고개를 숙이며 말했다.

음악 소리 때문에 귓속말을 할 수밖에 없었다.

"소속사요? 신인 시절에는 심했죠. 지금은 다른 멤버들도 공개 연애 중이고… 예전처럼 터치하진 않아요."

나윤 역시 까치발을 들고 최치우의 귀 옆에서 입술을 달싹였다.

귓속말을 주고받으니 분위기가 금방 야릇해졌다.

"하긴, 트웬티즈는 나왔다 하면 1위하는 걸그룹 탑이니까. 회사에서 터치하긴 너무 컸죠."

"겸손해야겠지만, 최 대표님 말이 맞아요."

나윤이 도발적인 미소를 지었다.

그녀는 걸그룹 중에서도 청순의 대명사로 손꼽힌다.

새하얀 피부와 살짝 처진 눈, 그리고 긴 머리는 데뷔 후 몇 년이 지나도록 팬들을 몰고 다닌다.

하지만 직접 만나 보니 청순한 외모 안에 반전의 매력을 감추고 있었다.

최치우는 그녀와 함께 2층 바로 걸어갔다.

얼굴이 팔릴까 걱정할 필요가 없어 마음이 편했다.

적어도 이 파티 라운지, 특히 2층에 있는 사람들 사이에선 프라이버시가 보장된다.

"보드카 오렌지로 두 잔 부탁합니다."

최치우는 마시기 쉽지만 독한 술을 주문했다.

샴페인에 익숙해진 몸에 보드카가 들어가면 취기가 훅 올라올 것이다.

나윤은 바텐더가 건넨 보드카 오렌지를 받고 잔을 살짝 들었다.

"요즘 연예인들끼리 모여도 최 대표님 이야기를 엄청 많이 해요. 사실 나보다 두 살 어린데… 이렇게 대단한 분을 만나서 영광이에요."

최치우는 나윤의 나이가 24살이란 걸 처음 알았다.

그는 그녀의 눈을 똑바로 쳐다보며 대답했다.

"임동혁 이사님한테 고마울 일이 잘 없는데 오늘은 고마워해야겠군요."

"파티 때문에 나를 만나서? 맞죠?"

"왜 아니겠어요."

잔을 부딪친 최치우는 보드카 오렌지를 원샷했다.

나윤도 마찬가지로 단숨에 잔을 비웠다.

오렌지 덕분에 목 넘김은 달콤해도 곧이어 속에서 뜨거운 불길이 올라왔다.

최치우는 잔을 들지 않은 손을 과감하게 움직였다.

나윤의 얇은 허리를 끌어당긴 것이다.

힘을 주지 않았기에 얼마든지 뿌리칠 수 있었다.

그러나 나윤은 가만히 최치우의 손길에 몸을 맡겼다.

1층에서 DJ가 트는 음악이 클라이맥스를 향해 치닫고, 최치우는 뭇 남성들이 선망하는 걸그룹 센터 나윤의 입술을 훔쳤다.

밤은 아직도 길게 남아 있었다.

*　　　*　　　*

최치우는 거실에서 쏟아지는 햇살을 맞으며 운기조식을 했다.

임동혁의 파티에서 과음을 했지만 컨디션은 최고였다.

새벽쯤 내공을 일으켜 술기운을 태웠고, 운기조식까지 마치니 당장 한바탕 싸움이라도 하고 싶을 정도로 몸이 팔팔해졌다.

오랜만에 마음 편히 놀면서 스트레스를 풀었기 때문인지도 모른다.

거실 소파에 몸을 파묻은 최치우는 미리 내려둔 커피 향을 음미했다.

더 바랄 게 없는 아침이었다.

"으음……."

그때 침실에서 낯선 소리가 들려왔다.

최치우는 한강이 내려다보이는 여의도의 최고급 아파트에 혼자 살고 있다.

하지만 어젯밤을 함께 보낸 손님이 있었다.

그녀가 일어난 것 같았다.

"잘 잤어?"

최치우는 침실 문을 열고 나온 손님을 향해 아침 인사를 했다.

걸그룹 트웬티즈의 나윤은 부스스한 얼굴로 고개를 저었다.

방금 막 일어났지만 그녀의 미모는 여전했다.

침실에 걸려 있던 최치우의 하얀 셔츠만 걸치고 나온 나윤의 모습은 남자들의 로망 그 자체였다.

"그런데 갑자기 말을… 놓네요?"

"이제 그래도 되는 사이잖아."

최치우는 가볍게 웃으며 계속 반말을 했다.

나이로 따지면 나윤이 두 살 연상이다.

물론 풍기는 분위기로 보면 최치우가 오빠라 해도 믿을 만했다.

둘은 임동혁의 파티에서 처음 만나 뜨거운 밤을 보냈고, 말보다 몸으로 더 많은 대화를 나눴다.

몸이 가까워지면 마음도 열리는 법이다.

나윤도 말끝에서 요 자를 빼버리고 다시 입을 열었다.

"그런데 우리, 앞으로 어떻게 되는 거야?"

그녀의 질문을 받은 최치우는 곧장 대답하지 않았다.

대신 손짓으로 나윤을 불러 자신의 옆자리에 앉게 만들었다.

"모닝커피 어때?"

"좋아."

최치우는 자신이 반쯤 마신 커피 잔을 그대로 건넸다.

여전히 뜨거운 김이 모락모락 올라오고 있었다.

편한 차림으로 소파에 앉아 커피를 나눠 마시는 두 사람은 영락없는 커플 같았다.

사실 최치우도 나윤이 싫지 않았다.

아직 그녀에 대해 잘 모르지만, 여자 아이돌이라는 사실을 제외해도 매력이 넘친다.

이미 밤을 같이 보냈다고 해서 매몰차게 외면하고픈 마음은 들지 않았다.

그러나 최치우는 S대에서 만난 유은서를 떠올렸다.

이번 삶에서의 첫 번째 여자 친구인 그녀를 아직 잊지 못한 것은 아니다.

다만 누구를 만나도 유은서와 같은 이유로 헤어지게 될 것 같았다.

"연예인이니까 설명하기 쉽겠네. 내가 이런 말 하긴 좀 그렇지만, 나도 웬만한 연예인보다 훨씬 바빠. 어제는 특별한 경우였고, 평소엔 잠시 짬을 내기도 쉽지 않아. 외국에 갈 일도 많고."

"한류스타랑 만난다고 생각할게. 그거 알아? 나 이때까지 연예인이랑 사귄 적 한 번도 없어. 나는 나보다 바쁜 남자가 싫거든."

"그러니까 괜히 어설프게 시작해서 힘들어지지 말고 편하게 만나면서 서로를 지켜보자."

"쉽게 말하면 쿨하게 즐기자는 거잖아?"

"같은 말이라도 격조 있게 하면 더 좋겠지?"

최치우는 나윤의 물음에 부정하지 않았다.

당장 그녀와 사귀는 연인 사이가 되는 건 부담스럽기 때문이다.

하룻밤을 함께 보낸 여자 입장에서는 기분 나쁠 수도 있는 말이다.

하지만 나윤은 크게 개의치 않는 것 같았다.

"너, 나를 너무 만만하게 봤어. 너보다 누나라구. 질척거리지 않을 거니까 걱정하지 마."

"그래. 내가 보고 싶어지면 연락해. 나도 너 생각날 때 전화할게."

최치우가 미소를 지었다.

그는 뭇 남성들이 실물을 한 번이라도 보고 싶어 난리인 트웬티즈의 나윤을 밤새도록 안았다.

그러고는 부담스러운 연인이 아닌, 언제든 편히 볼 수 있는 사이로 관계를 정리했다.

앞으로도 이와 비슷한 일이 종종 벌어질지 모른다.

최치우는 지난 차원들에서 여색을 밝히진 않았지만, 그렇다고 숙맥도 아니었다.

오는 여자 안 막고 가는 여자 안 잡는 게 최치우의 일관된 원칙이다.

자신만의 왕도(王道)를 걸어가는 최치우는 당분간 한 여자에게 마음을 전부 줄 생각이 없었다.

다만 억지로 금욕 생활을 할 필요도 없었다.

화려한 금자탑을 쌓으며 질주하면 가만히 있어도 미녀들이 모여들 것이다.

최치우는 자신의 셔츠를 입은 나윤을 바라보며 화제를 바꿨다.

"아침 먹을래? 차려줄게."

"요리도 할 줄 알아?"

"어머니가 주신 반찬이랑 찌개 있으니까 데우기만 하는 거지."

"너 점점 갖고 싶어져. 나중에 나한테 매달리게 만들 거야, 최치우."

"하하! 열심히 노력해 봐."

최치우는 웃음을 터뜨리며 나윤의 볼을 쓰다듬었다.

아무래도 아침을 먹기 전에 또 한 번 서로를 깊이 알아야 할 것 같았다.

22살.

최치우는 또 다른 도전을 앞두고 모두가 꿈꾸는 순간을 현실에서 누리고 있었다.

4장
아프리카

세계적인 부호들이 프로메테우스를 구입하기 위해 줄을 섰다.

올림푸스 직원들은 구매 의사를 밝힌 고객들을 신중하게 분류했다.

사회적인 영향력과 지명도를 고려해 1차 판매 대상을 만든 것이다.

100만 달러, 우리 돈 12억 원짜리 해독제를 처음으로 구입할 50명이 누구인지 전 세계 언론에서 관심을 보였다.

그러나 당연하게도 구매자 리스트는 극비였다.

거액을 내고 해독제를 구입한 게 알려지면 오히려 신변이 더 위험해질 수 있기 때문이다.

"역시 중동과 아프리카에서도 P—1을 사려는 사람들이 많군요."

최치우는 정리된 리스트를 보며 의미심장한 말을 뱉었다.

최종적으로 명단을 검수한 백승수가 고개를 끄덕이며 대답했다.

"네, 대표님. 100만 달러 이상의 거액을 제시한 사람들은 대부분 중동과 아프리카 출신이었습니다. 하지만 신원이 불확실하고 불법적인 일을 하는 경우가 많아 배제할 수밖에 없었습니다."

백승수의 태도는 깍듯했다.

사석에서는 최치우가 백승수를 선배라고 부른다.

하지만 회사를 비롯한 공식적인 자리에서는 대표와 직원 사이를 철저히 지켰다.

함께 회의에 참석한 이시환도 마찬가지였다.

"아무래도 중동이나 아프리카에서 사업하는 사람들은 중독을 비롯한 암살 위협에 많이 노출되는 것 같습니다. 그만큼 P—1에 대해 지속적인 수요가 있을 것으로 예상됩니다."

이시환은 평소와 달리 딱딱한 어조로 자신의 의견을 밝혔다.

최치우는 고개를 끄덕이며 두 사람의 말을 들었다.

"현재 P—1의 초도 물량 50개는 유럽과 미국, 동아시아 지역 위주로 판매가 결정됐습니다. 내년까지 판매가 예정된 300개는 모두 100만 달러라는 동일한 가격으로 소화가 가능할 것 같습니다. 그 이후 추가적으로 P—1을 생산하게 되면 중동과 아프리카 지역 판매를 적극적으로 고려해야 가격이 유지될 수 있을 듯합니다."

이시환의 분석은 최치우의 생각과 일치했다.

시간이 지날수록 백승수와 이시환을 믿고 더 많은 자율권을 줘도 될 것 같았다.

"300개가 다 팔리고 나면 P—1에 대한 수요가 줄어들 겁니다. 그 이후 가격 유지를 위해 중동, 아프리카의 거물들과도 거래를 터야겠죠. 하지만 불법적인 일, 예를 들면 무기 거래나 밀수를 주로 하는 사람들과는 거래하지 않는 게 원칙입니다. 약값을 유지하기 위해 올림푸스의 브랜드 가치를 포기할 순 없으니까요."

"명심하겠습니다, 대표님."

"더욱 깐깐하게 배경 조사와 필터링을 거치겠습니다."

최치우는 두 사람이 차례로 대답하는 모습을 보며 흐뭇한 미소를 지었다.

이런 기분을 진즉 알았다면 이전 차원에서도 동료를 만들었을 것이다.

이제라도 동료를, 그리고 자기 사람을 키우는 즐거움을 알게 돼 다행이었다.

"우선 1차 물량은 전부 배정이 됐고, 한 번에 꽤 많은 현금이 들어오니 세무적으로 문제없도록 신경을 씁시다. 이왕 낼 세금이면 조금 억울하다 싶을 정도로 더 신고하고 나중에 말 안 나오는 게 장기적으로 이득입니다."

다들 올림푸스가 눈앞의 작은 이익을 위해 움직이는 회사가 아니란 걸 알고 있었다.

그런 의미에서 세금 신고 역시 우직하게, 있는 그대로 오픈하라는 게 최치우의 방침이다.

정부에서 주기적으로 세무조사 카드를 들고 나오면 기업들은 꼼짝도 못 한다.

최치우는 올림푸스를 그런 기업으로 만들고 싶은 마음이 전혀 없었다.

경우에 따라선 정부와 맞서 자신의 목소리를 높일 필요도 있다.

그때 힘과 명분을 얻으려면 작은 먼지도 묻지 않도록 조심해야 한다.

물론 대기업에서 후계자 수업을 받은 임동혁은 세금 내는 걸 엄청 아까워했다.

그러나 올림푸스의 소유권은 물론 경영권 역시 최치우에게 있었다.

언제나 최종 결정은 최치우의 몫이기에 임동혁도 군소리를 길게 하지는 않았다.

"사실 내 1차적인 목표는 이미 이뤘습니다."

최치우의 미소가 더욱 짙어졌다.

그는 최초 물량을 구입할 50명의 명단을 상세히 살펴봤다.

그중에는 뉴욕에서 만난 에릭 한센이 소유한 자회사의 CEO도 포함돼 있었다.

에릭 한센 대신 P—1을 구입한 게 분명했다.

세상의 주인이라도 된 것처럼 오만하게 구는 사람일수록 누구보다 자신의 목숨을 소중히 여긴다.

결정적인 순간, 생명을 구할 기회를 주는 P—1을 에릭 한센이 눈독들이지 않을 리 없었다.

'자존심 때문에 직접 구입하긴 힘들었겠지. 다음에 만나면 어떤 표정을 지을지 궁금하군.'

최치우는 맨해튼에서 1억 달러는 아무것도 아니라고 말하던 에릭 한센의 얼굴을 떠올렸다.

물론 그는 대단한 기업가이다.

공격적인 인수 합병과 타고난 감각으로 자신의 제국을 건설했다.

하지만 올림푸스는 완전히 다른 차원의 충격을 세계에 선보이며 성장하고 있었다.

세상의 정점에서 건방을 떨고 있는 사람들의 목을 옥죄며 무럭무럭 자랄 것이다.

최치우는 즐거운 마음으로 회의를 마무리했다.

언젠가는 이 회의에서 세계의 앞날과 인류의 미래를 결정하게 될 것이다.

그는 자신의 바람이 허황된 꿈이 아니란 걸 알고 있었다.

*　　　*　　　*

"그거 알고 있습니까? 대표님과 트웬티즈의 이나윤이 사귄다는 소문이 도는 거."

인천공항 퍼스트 클래스 라운지에서 임동혁이 씨익 웃으며 말을 꺼냈다.

그 어느 곳보다 완벽하게 프라이버시가 보장되는 곳이 바로 퍼스트 클래스 라운지다.

그렇기에 임동혁도 남들이 들으면 안 되는 농담을 자유롭게 할 수 있었다.

최치우는 무표정한 얼굴로 그를 쳐다봤다.

"증권가 지라시가 도는 모양이군요."

"너무 걱정할 필요는 없습니다. 사진만 안 찍히면 적당히 뒷소문만 무성하다 잠잠해질 겁니다. 그런 지라시가 하루에도 몇 개씩 생기는 편이니까."

"사귀는 건 아니지만 헛소문도 아닙니다. 이사님도 그걸 아니까 놀리는 거겠지만."

"역시! 그날 파티에서 먼저 사라지더니……. 돈은 내가 쓰고 재미는 우리 최 대표님이 다 봤습니다."

"부러우면 연애하세요. 아니, 재벌가니까 정략결혼 같은 거라도. 축의금 많이 내겠습니다."

최치우는 안색 하나 바꾸지 않고 시니컬한 말투로 반격했다.

괜히 최치우를 놀리려다 본전도 못 건진 임동혁은 눈을 찡그리며 소파에 몸을 묻었다.

"아, 확실히 퍼스트 클래스 담당하는 승무원들은 클래스가 다릅니다. 이 참에 비행기에서 연애나 시작해 볼까."

"승무원들도 한영그룹 후계자에 대한 소문은 익히 들어서 피하지 않을까요?"

"어떤 소문 말입니까?"

"재계에서 둘째가라면 서러울 망나니라던가 뭐 그런……."

또 한 방을 더 먹은 임동혁이 입을 꾹 닫았다.

말만 걸면 최치우에게 맥없이 당하면서 참 끈질긴 편이었다.

아마 비행기에 타면 다시 농담을 하다가 면박을 당할 게 뻔했다.

최치우는 임동혁을 괜히 데리고 나온 건 아닌지 고민했다.

사실 혼자 출장을 갈 생각이었다.

그런데 임동혁이 부득불 함께 가겠다고 우겨서 이렇게 된 것이다.

올림푸스는 P—1의 초도 물량 50개를 전 세계의 구매자들에게 전달하며 눈코 뜰 새 없이 바쁜 와중이다.

그럼에도 불구하고 최치우는 아프리카행 비행기 티켓을 끊었다.

현재에 만족하고 머무르는 순간 현상 유지가 아닌 퇴보를 하게 돼 있다.

미래를 바라보지 않는 사람과 기업은 무조건 뒷걸음질 치는 법이다.

그는 프로메테우스의 성공에 마냥 도취되지 않았다.

P—1으로 번 돈을 이용해 분쟁 지역의 식수 오염 문제를 해결하겠다는 약속도 기억하고 있었다.

바로 그 약속을 지키기 위해 아프리카로 날아가려는 것이다.

'단순히 자선사업을 하려는 것만은 아니지.'

최치우의 눈이 날카롭게 빛났다.

사람들은 알아보지 못하지만, 때때로 번뜩이는 그의 날카로운 안광은 한 자루 칼 같았다.

심후한 내공과 7번의 환생, 수백 년의 경험이 축적돼 있기에 마음만 먹으면 눈빛으로 사람을 쓰러뜨리는 것도 가능할지 모른다.

임동혁은 아직 모르고 있다.

최치우가 왜 아프리카로 가는지.

물론 P—2를 개발해서 식수 오염으로 죽어가는 사람들을 돕는 게 가장 큰 이유이다.

하지만 그게 전부는 아니었다.

최치우는 P—1으로 거액을 벌 뿐 아니라 전 세계 거물들의 생명줄을 휘어잡았다.

P—2로는 마치 노벨평화상을 노리는 듯 구호 활동을 하며 올림푸스의 브랜드 이미지를 높이는 동시에 아프리카의 마음

을 사로잡을 것이다.

지구에 남은 마지막 미지의 영역, 기회의 땅 아프리카.

최치우는 검은 대륙이 자신과 올림푸스를 세계의 정점으로 끌어 올려 줄 발판이 되리라 생각했다.

이미 유럽과 미국, 또 유태계 출신 백인들의 보이지 않는 이너 서클이 세계를 꽉 움켜쥐고 있다.

맨해튼에서 거들먹거리던 에릭 한센의 자신감에는 분명한 근거가 있었다.

올림푸스와 함께 성공할수록, 더 높이 올라가면 갈수록 단단한 유리 천장을 느끼게 될 터이다.

그 강고한 벽을 깨부수기 위해서는 차원이 다른 게임을 해야 한다.

'벽을 깨는 건 내 전공이야.'

최치우는 두렵지 않았다.

하이 엘프가 지배하던 링스 월드를 멸망시켰고, 숱한 왕족과 귀족들을 무릎 꿇게 만든 과거의 기억이 생생하다.

어디 그뿐인가.

콧대 높은 정파무림은 무명의 낭인 이태민에게 천하제일검이라는 칭호를 선사했고, C급 헌터에서 인류 최초로 트리플 S 클래스를 갱신하기도 했다.

이번에도 마찬가지이다.

모든 차원 중 가장 복잡한 곳이 현대의 지구지만, 그는 자신을 믿었다.

이번 출장을 단순한 외유로 생각하는 임동혁은 깜짝 놀라게 될 것이다.

최치우는 아프리카에서 써나갈 새로운 역사를 남몰래 그리고 있었다.

*　　　*　　　*

"여긴 꼭 유럽 같습니다. 아프리카가 아니라."

임동혁의 감상은 보편적이었다.

남아프리카공화국의 케이프타운을 방문한 사람들은 대부분 유럽과 비슷하다는 인상을 받는다.

아프리카에서 백인이 가장 많이 거주하며, 동시에 가장 부유한 도시가 바로 케이프타운이기 때문이다.

하지만 같은 남아공에서도 요하네스버그 등 다른 도시는 사정이 달랐다.

치안도 불안정하고 인프라도 낙후돼 있다.

그나마 남아공이나 케냐는 아프리카에서 수위를 다투는 국가이다.

검은 대륙의 영토 대부분은 미개척지로 남아 있었다.

최치우는 임동혁을 바라보며 새로운 화두를 던졌다.

"이사님은 아프리카가 얼마나 큰 대륙인지 아마 모르실 겁니다."

"최 대표님, 나를 너무 물로 보는 거 아닙니까? 아프리카 엄청 큰 걸 누가 모른다고……."

"대충 어느 정도 클 거 같아요?"

"음, 그건… 정확히는 몰라도… 꽤 큰 건 알고 있습니다. 이래 봬도 비행기 탈 때마다 세계지도를 봅니다."

"이사님이 보는 세계지도가 엄청나게 왜곡됐다는 건 모르겠죠."

최치우의 입꼬리가 살짝 올라갔다.

그는 지금 아프리카를 운명의 땅으로 정한 이유를 알려주려는 것이다.

물론 임동혁은 세계지도가 왜곡됐다는 말을 선뜻 이해하지 못했다.

"그게 무슨 말입니까?"

"우리가 보는 세계지도는 서양, 특히 유럽의 관점에서 만들어졌습니다. 유럽 대륙은 실제보다 크게, 반대로 아프리카는 실제보다 훨씬 작게 표현돼 있죠."

임동혁은 믿기 어렵다는 표정을 지었다.

그러나 최치우가 틀린 소리를 할 리 없다는 걸 누구보다 잘 알고 있다.

"12억 인구가 살고 있는 중국 대륙, 그리고 유럽 대륙 전체와 미국까지 모두 합해도 아프리카의 면적이 더 넓습니다. 그만큼 어마어마한 미지와 기회의 땅에 온 겁니다."

임동혁의 눈동자가 커졌다.

중국과 유럽에 미국의 면적을 합해도 아프리카만 못하다는 사실은 처음 듣는 사람에겐 충격적일 수밖에 없다.

아주 오래전부터 세계의 중심은 유럽이었고, 지금은 미국과 패권을 나누고 있다.

그렇기에 에릭 한센과 같은 유럽계, 또는 유태계 미국인들이 금융을 비롯한 경제의 맥을 꽉 잡고 있는 것이다.

최치우는 그들의 손길이 미치지 않은 곳에서 새로운 판을 짜야 승산이 있다고 판단했다.

현재의 성공에 만족하면 올림푸스도 언젠가 초거대 글로벌 기업에 인수당하는 신세로 전락할지 모른다.

그에게 있어 아프리카는 자신의 제국을 건설할 개척지인 셈이다.

최치우는 세계의 패권을 차지하기 위한 싸움을 시작한 것이다.

"우선 인프라가 잘 갖춰진 남아공이 출발점입니다. 여기서 P—2로 식수 오염을 해결할 수 있는 지역을 찾아봅시다. 그렇게 사람들의 마음을 사고 하나씩 우리가 할 수 있는 일을 만들어야죠."

"설마 거기까지 생각하고 프로메테우스를 개발할 때부터 분쟁 지역의 식수 오염 문제를 염두에 뒀던 겁니까?"

"당연한 걸 물으시는군요."

"최 대표님, 당신은 정말……."

날 때부터 대기업의 후계자이던 임동혁은 뭘 해도 스케일이 큰 편이다.

하지만 최치우가 그리는 큰 그림은 너무도 엄청나서 좇아가기 버거웠다.

'현대의 지구는 내가 환생한 모든 차원 중에서 가장 복잡하고 거대한 세계지만… 여기서도 반드시 정점에 서고 말겠어.'

최치우의 강인한 영혼이 본연의 힘을 찾아가고 있었다.

그 덕분에 검은 대륙 아프리카가 빛을 볼 날도 머지않은 것 같았다.

*　　　*　　　*

최치우와 임동혁은 남아공 정부로부터 국빈에 버금가는 대우를 받았다.

케이프타운에 도착한 첫날은 비공식 일정이었다.

자유롭게 현지 분위기를 확인하기 위해 일부러 하루의 여유를 둔 것이다.

하지만 둘째 날부터는 달랐다.

남아공 정부는 기사와 보디가드가 딸린 관용 차량을 두 사람이 머무는 호텔로 보냈다.

당연히 최고 수준의 통역 실력을 갖춘 외교관도 포함돼 있었다.

한국 정부의 외교관들도 최치우와 임동혁에게 신경을 기울였다.

최치우는 대통령에게 훈장을 받았을 뿐 아니라 알게 모르게 정부와 협력하고 있다.

정권의 실세로 불리는 홍석진 외교안보특보가 남아공 대사관에 언질을 준 것 같았다.

올림푸스의 대외 활동은 한국 정부의 이미지를 높이는 데도 크게 기여할 것이기 때문이다.

최치우는 남아공과 한국 양측 정부의 케어를 받으며 현장으로 이동했다.

케이프타운은 식수 오염을 걱정할 필요 없는 대도시이다.

그러나 남아공에는 케이프타운과 요하네스버그 같은 대도시만 있는 게 아니었다.

지명조차 생소한 도시와 마을들은 야생의 위험에 고스란히 노출돼 있었다.

인프라가 잘 갖춰진 남아공의 사정이 이럴 정도면 아프리카의 다른 국가들은 얼마나 열악할지 불 보듯 뻔했다.

최치우는 창밖으로 점점 황량해지는 풍경을 바라봤다.

케이프타운 도심에서 멀어질수록 풍경이 비현실적으로 변하고 있었다.

"우리 방금 전까지 유럽 느낌을 받은 거 맞습니까?"

임동혁이 반대쪽 창문을 응시하며 입을 열었다.

알록달록 예쁜 건물들이 늘어선 케이프타운은 아프리카에서 예외적인 장소였다.

사람이 살 수 있을까 싶은 극한의 환경이야말로 아프리카의 본모습에 가까웠다.

"남아공 정부에서 우리에게 보여줄 지역을 고심하고 골랐을 겁니다."

최치우는 지금 정확히 어디로 가는지 듣지 못했다.

그저 많은 사람들이 식수 오염에 노출된 장소라고만 전달 받았다.

케이프타운을 벗어나면 남아공의 치안은 급격히 나빠진다.

그래서 남아공 정부는 안전을 위해 이동 경로와 목적지를 공개하지 않은 것이다.

최치우는 점점 삭막해지는 풍경을 바라보며 실망하지 않았다.

당연히 열악한 환경일 거라 예상했다.

'아프리카를 바꾸면 세상을 바꿀 수 있어.'

최치우는 각오를 다지며 입술을 깨물었다.

그렇게 두 사람을 태운 차량은 험로를 돌파하며 멀리, 더 멀리 나아가고 있었다.

"대충 다 온 것 같습니다."

몇 시간을 달렸을까.

임동혁이 눈을 빛내며 말했다.

두 눈을 감은 채 생각에 잠겨 있던 최치우도 고개를 들었다.

임동혁의 말대로 낯선 건물이 시야에 잡혔다.

대지를 가로지른 철조망과 컨테이너 박스로 만들어진 간이 건물들, 그리고 완전무장한 채 철조망 앞을 지키고 있는 군인들까지.

처음에 상상하던 것과는 다른 장소였다.

최치우는 앞자리에 앉은 통역 겸 외교관에게 질문을 던졌다.

"여기도 식수 오염원입니까?"

그의 질문을 받은 남아공 정부의 외교관이 천천히 고개를 끄덕였다.

"식수 오염 문제가 심각한, 그로 인해 매달 수십 명이 사망하는 곳입니다."

"그렇게 보이지는 않는데……."

겉보기에는 식수 오염이 심각한 지역으로 보이지 않았다.

분위기가 이상하지만 군인들이 경계를 서며 지키는 곳이다.

어쨌든 정부의 관리와 감독이 기능을 하고 있는 장소 같았다.

하지만 남아공 외교관은 고개를 저으며 진실을 알려줬다.

"이곳은 남아공, 아니, 아마도 아프리카 남부에서 가장 큰 난민 수용소입니다."

"아—!"

최치우는 그의 말을 듣자마자 탄식을 흘렸다.

단번에 상황이 이해됐기 때문이다.

임동혁도 심각한 표정으로 고개를 끄덕거렸다.

난민 수용소, 정확히 말하면 난민 지원자 수용소라고 표현할 수 있었다.

아프리카 곳곳에서 발생한 내전과 자연재해, 기아를 피해 난민이 된 사람들은 여권도 없이 목숨을 걸고 국경을 넘나든다.

국제사회로부터 난민 지위를 인정받으면 그나마 살길이 열린다.

하지만 각국에서 받아들일 수 있는 난민의 수는 한정적이다.

그렇기에 이런 수용소를 세우고 몰려드는 난민들에게 최소한의 의식주만 제공하는 것이다.

"음식과 의복, 의료품이 부족한 건 어떻게든 버틸 수 있으나 물이 부족한 건 견디기 힘든 모양입니다. 지원되는 식수의 양은 턱없이 적고, 결국 생활 반경 안에서 난민들이 물을 길러 쓰고 있습니다."

"물이 부족하니 알아서 식수를 구하는 걸 통제하기 어렵겠군요."

"그렇습니다. 주기적으로 식수 오염에 의한 중독 환자와 사망자가 나오고 있지만… 우리 정부에서도 관여하기 힘든 상황입니다."

수용소에서 살아가는 난민들은 엄밀히 말해 남아공 정부가 책임져야 할 사람들이 아니다.

특정 국가에서 난민 지위를 인정받기 전까지 그들은 어디에도 소속되지 않은 붕 뜬 존재이다.

남아공 정부는 국제사회의 관례에 따라 그들을 보호할 뿐이다.

어쩌면 지구라는 넓은 세계에서 가장 힘없고 소외된 사람들이 수용소의 난민들인지 모른다.

최치우는 바로 그곳에 당도한 것이다.

"내리시면 수용소 담당자가 자세한 설명을 해드릴 것입니다."

말을 마친 외교관이 먼저 차 문을 열고 내렸다.

최치우가 타고 온 검은색 고급 리무진과 난민 수용소의 현실이 너무 대비됐다.

'낯설지 않아. 어느 차원에나 바닥은 있으니까. 달라진 게 있다면 나의 태도겠지.'

최치우가 살아온 차원들에는 난민 수용소보다 더 끔찍한 곳도 있었다.

예를 들면 아슬란 대륙 노예들의 검투장만 해도 수용소보다 훨씬 열악하고 처참했다.

과거의 최치우는 세계의 밑바닥을 신경 쓰지 않았다.

자신의 복수, 자신의 성공, 자신의 목표를 이루는 게 가장 중요했기 때문이다.

하지만 지금의 최치우는 조금 다른 존재로 성장하고 있었다.

그는 세계를 바꾸고 또 세계를 구하는 즐거움을 서서히 깨닫는 중이다.

대책 없이 멍청하게 이타적인 사람은 되려야 될 수도 없다.

하지만 자신의 힘으로 누군가를 구하는 게 짜릿한 일이라는 걸 느끼고 있었다.

또 그렇게 얻은 명성과 인기는 최치우를 더 높은 곳으로 밀어주는 원동력이 된다.

단순한 자선 활동이 아닌, 거대하고 큰 그림을 완성시키는 선순환 사이클이 형성되는 것이다.

최치우는 황량한 벌판 가운데 외딴 섬처럼 세워진 난민 수용소 앞에 섰다.

철조망 건너편에서 자신들을 바라보는 공허한 시선이 느껴졌다.

그들을 전부 구원할 수는 없지만, P—2를 이용해 허무하게 스러지는 목숨이나마 구하러 여기까지 왔다.

시작은 미약해도 계속 걷다 보면 창대한 결과를 얻게 될 것이다.

최치우는 단순히 돈만 버는 장사꾼이 아닌, 시대의 거인이 되기 위해 움직이고 있었다.

*　　　*　　　*

수용소 책임자는 최치우와 임동혁을 직속상관처럼 극진히

모셨다.

남아공 정부의 외교관이 동행했고, 윗선에서 엄중한 지시가 내려왔기 때문이다.

올림푸스는 최근 전 세계적으로 엄청난 관심을 받는 신생 기업이다.

최치우 역시 한국인이지만 실리콘밸리의 라이징 스타들을 제치고 어마어마한 명성을 쌓은 장본인이다.

그가 직접 투자하기 위해, 그것도 남아공 정부 입장에서 가장 골치 아픈 난민 수용소를 돕기 위해 아프리카까지 날아왔다.

어찌 보면 국빈에 준하는 대우를 받는 게 당연했다.

게다가 남아공 정부의 고위직들은 또 다른 이익도 바라고 있었다.

돈이 있어도 구하기 힘들다는 P—1, 차원이 다른 해독제 프로메테우스를 한 알이라도 받길 원하는 것이다.

그들에게 100만 달러가 없을 리 없다.

다만 1차로 P—1를 구입한 50명 안에 들지 못했다.

만약 최치우와 친분을 쌓아 P—1을 한 알이라도 받는다면, 그래서 남아공 대통령에게 진상이라도 한다면 출세는 따놓은 당상이다.

보이지 않는 이유까지 더해져 남아공 외교관과 공무원들은 최치우가 원하는 거라면 그것이 무엇이든지 들어주려 애썼다.

"난민 수용소에는 두 가지 심각한 문제가 있는데, 첫째가 식수 오염으로 인한 사상자 발생. 이건 우리가 P—2를 풀어서 해결하고 국제사회의 관심을 환기시켜 깨끗한 식수 지원을 늘리면 됩니다."

수용소의 현실을 보고 케이프타운으로 돌아온 최치우는 임동혁과 머리를 맞댔다.

늘 그렇지만 둘의 대화는 일반적인 회의와 달랐다.

최치우가 자신의 생각을 말하면 임동혁이 지원 방안을 내놓는 방식이었다.

최치우는 국내 굴지의 대기업 후계자를 램프의 요정 지니처럼 이용할 수 있는 몇 안 되는 사람이다.

"일단 우리 한영그룹에서도 사회 공헌 예산을 난민 수용소에 깨끗한 식수를 지원하는 걸로 좀 돌리겠습니다."

"국내 기업들이 나서는 분위기는 임 이사님이 주도해 주세요. 나는 유영조 대통령이나 홍석진 외교안보특보를 만나서 한국이 중심이 되어 국제사회의 공조를 이끌어내게 해보겠습니다."

"우리 정부가 선뜻 나서겠습니까? 국내 문제도 아니고 돈도 꽤 드는 일인데 말입니다."

"한국도 어엿한 선진국입니다. 그에 비해 국제사회에서 리더십을 발휘하지 못하고 있죠. 이런 일을 계기로 영향력을 확대해서 위상을 높일 필요가 있습니다. 근시안적으로는 돈을 쓰는 일이지만, 장기적으로는 세계의 리더가 되기 위한 투자라고 봐야 합니다. 유 대통령이나 홍 특보라면 이해할 겁니다."

최치우는 한국 정부를 설득할 자신이 있었다.

국제사회의 원조를 받으며 전쟁의 아픔을 극복한 대한민국은 더 가난한 나라들에게 도움을 베풀 책임이 있다.

그렇게 책임을 다하면 존경을 받게 되고 영향력도 강해진다.

전 세계가 하나로 연결된 지금 국내 문제에만 관심을 기울이면 왕따가 되어 고립되기 쉽다.

최치우는 올림푸스와 함께 코리아라는 국가 브랜드를 아프리카에 각인시킬 계획이다.

한국에 대한 긍정적 인상이 바탕이 될 때, 올림푸스도 더욱 환영을 받으며 마음껏 활개 칠 수 있을 것이다.

"P-2는 P-1의 약효를 한참 떨어뜨린 마이너 버전이지만, 식수 오염으로 인한 중독 정도는 충분히 막아내겠죠. 난민 수용소의 사망자 수가 줄어들면 올림푸스는 또 한 번 세계의 찬사를 받게 될 겁니다."

"대표님과 내가 어느새 아프리카에서 이러고 있다니, 눈 한 번 감았다 뜰 때마다 스케일이 엄청나게 커지는 느낌입니다."

"이제 시작에 불과합니다."

최치우는 아프리카에 첫발을 내디뎠다.

무궁무진한 가능성을 지닌 검은 대륙을 기반으로 삼아 전 세계를 휘어잡으려면 갈 길이 멀었다.

"또 하나의 문제는……."

그가 화제를 돌렸다.

남아공 난민 수용소의 첫 번째 문제를 해결할 수 있는 방법이 보인다.

예정대로 예산을 투입해 P-2를 배포하고 깨끗한 식수까지 지원하면서 올림푸스의 이름을 드높이면 된다.

하지만 두 번째 문제는 다른 각도에서 접근해야 한다.

난민을 끊임없이 만들어내 수용소로 보내는 본질적인 문제이기 때문이다.

"국경 지대의 반군들은 손을 쓰기 힘듭니다."

임동혁이 고개를 내저으며 말했다.

남아공 정부군도, UN의 평화유지군도 아프리카의 악명 높은 반군들을 완전히 처리하지 못하고 있었다.

게릴라에 특화된 방식으로 잡초처럼 질긴 생명력을 유지하기 때문이다.

특히 남아공과 나미비아, 보츠와나 국경 지대의 반군들은 잔인하기로 악명이 높았다.

그들 때문에 나미비아, 보츠와나 등지에서 수많은 부족이 삶의 터전을 빼앗기고 난민이 되는 것이다.

몇 개의 반군 군단만 처리할 수 있다면 남아공으로 유입되는 난민의 수는 대폭 줄어들지 모른다.

그러나 고양이 목에 방울 달기처럼 누구도 선뜻 나서지 못했다.

"일단 두고 보죠. 어차피 우리 올림푸스가 아프리카에 뿌리를 내리기 위해서는 반군들과 계속 부딪칠 수밖에 없을 겁니다."

최치우의 입에서 의미심장한 말이 흘러나왔다.

그는 마치 아프리카의 반군들을 직접 해결할 것처럼 이야기했다.

임동혁은 눈을 크게 뜨고 뭐라 대답하지 못했다.

"우선 난민 수용소에 얼마만큼의 P—2가 필요할지 물량 체크부터 하고 돌아갑니다. 또 P—2와 식수 지원을 위해 1년간 소요될 예산도 가능한 정밀하게 계산해야겠군요."

"내일까지 남아공 정부에서 자료를 주기로 했습니다."

"좋아요. 우리의 첫 번째 목표는 난민 수용소에 도움을 주는 것, 그리고 두 번째 목표는 지금부터 찾아보죠. 남아공에서부터 올림푸스가 어떻게 진지를 쌓을 수 있을지 같이 고민해 봅시다."

목표를 제시하는 최치우의 목소리는 깊은 울림을 담고 있어 듬직했다.

나이와 배경 모두 윗줄인 임동혁은 어느새 진심으로 최치우의 리더십을 따르고 있었다.

아프리카라는 미지의 대륙에 첫발을 내디딘 최치우는 한국에서처럼 바짝 속도를 낼 것이다.

머지않아 올림푸스가 어떤 방식으로 아프리카를 감동시킬지, 그리고 또 얼마나 놀라운 부가가치를 창출해 낼지 상상조차 하기 어려웠다.

최치우는 늘 그래왔듯 상식을 초월한 행보를 남아공에서도 보여줄 것 같았다.

5장
성인과 상인

아프리카 출장 일정 자체는 그리 길지 않았다.

비행기로 이동하는 시간만 편도로 이틀 가까이 걸리기에 긴 출장으로 느껴진 것이다.

남아공에서 사흘가량 머문 최치우와 임동혁은 서울로 돌아왔다.

짧은 시간이었지만, 아프리카 출장은 두 사람의 시야를 넓혔다.

특히 임동혁은 느낀 바가 많았다.

그가 지금까지 생각해 온 수출 시장은 미국과 중국, 그리고 떠오르는 동남아 정도였다.

하지만 아프리카라는 무궁무진한 가능성을 지닌 대륙이 버

것이 존재하고 있었다.

머리로만 아는 것과 눈으로 보고 느끼는 것은 천지 차이이다.

백문이 불여일견이라는 옛말이 괜히 있는 게 아니었다.

세계지도에도 제대로 표현되지 않은 어마어마한 크기의 아프리카 대륙.

그 넓은 땅 곳곳에 여러 문제가 산재해 있었다.

문제가 있다는 것은 해결책이 필요하다는 뜻이다.

해결책은 곧 사업이고 돈이다.

대기업의 후계자로 성장한 임동혁은 아프리카에서 새로운 가능성을 발견했다.

왜 최치우가 아프리카를 올림푸스의 전진기지로 삼으려는지 이해한 것이다.

사람은 억지로 움직일 수 없다.

당장은 내키지 않아도 일을 할 수 있지만, 스스로 동기를 찾지 못하면 금방 퍼지고 만다.

임동혁은 아프리카에서 기회를 찾겠다는 동기를 부여받았다.

남아공만 해도 투자할 수 있는 거리가 넘쳐났다.

케이프타운과 요하네스버그를 중심으로 조성되는 인프라 사업권을 조금만 따내도 거액의 글로벌 계약이다.

예전의 임동혁은 사업에 재미를 느끼지 못했다.

그랬기에 도박이나 파이트 클럽처럼 말초적인 자극을 주는 게임에 빠진 것이다.

하지만 최치우를 만나고 그는 완전히 달라졌다.

차원이 다른 비전을 제시하는 최치우의 곁에서 사업으로 세상을 바꾸는 재미를 깨달았다.

사업가로 다시 눈뜬 임동혁은 거대한 아프리카를 발판으로 세계를 정복하는 꿈을 꿨다.

최치우의 비전에 동화된 것이다.

그러기 위해서는 먼저 남아공의 마음을 사야 한다.

그는 진심을 다해 남아공 난민 수용소 지원 프로젝트를 추진했다.

한영그룹이 선봉에 섰고, 협력사들을 적절히 동원해 식수 지원 펀드를 만들었다.

임동혁이 기업의 지원금을 조성하는 동안 최치우는 정부를 설득했다.

당연히 유영조 대통령을 직접 만나진 않았다.

사실 최치우는 일국의 대통령에게 미팅을 제안할 수 있는 위치에 올랐다.

그러나 굳이 이런 문제로 대통령과 대면할 필요는 없었다.

외교안보특보이자 정권의 실세인 홍석진에게 연락을 했고, 외교부 차관과 약속을 잡았다.

부처의 실무를 담당하는 최고 권력자는 차관이다.

장관부터는 정치적인 자리이고, 실무적인 결정은 차관급에서 이뤄지는 경우가 많았다.

최치우는 외교부 차관에게 남아공 난민 수용소 지원 계획을 밝혔다.

올림푸스에서 P—2를 배포해 식수 오염으로 인한 사망자를 줄이고, 여러 기업과 함께 마련한 자금으로 깨끗한 물을 지원하겠다는 것이다.

여기에 한국 정부가 가세해 힘을 보태고, 이를 사회적 문제로 띄워달라는 요청을 했다.

국민들의 관심이 높아지면 여러 기업이 참여하게 될 것이고, 프로젝트를 주도하는 올림푸스 역시 더 많은 찬사를 받게 된다.

한국 정부 입장에서도 긍정적으로 검토할 여지가 충분했다.

약간의 예산과 인력을 투입해서 훨씬 큰 효과를 볼 수 있기 때문이다.

물론 국내에도 어려운 사람이 많은데 해외를 돕는다는 비판을 받을 수 있었다.

그렇지만 국제사회에서 리더십을 발휘할 수 있는 기회는 흔치 않았다.

올림푸스가 판을 깔아주면 한국 정부는 함께 생색만 내면 된다.

결국 차관을 통해 올라간 보고서에 외교부 장관의 직인이 찍혔다.

아마 외교안보특보와 대통령에게도 분명히 보고가 됐을 것이다.

최치우는 두 사람을 만나 협력하기로 약속했지만, 정부의 권력에 기대지 않았다.

일방적으로 부탁을 하면 나중에 빚을 갚아야 한다.

그러나 서로에게 이익이 되는 제안을 하면 빚이 아닌 신뢰를 쌓을 수 있다.

훗날 정권이 바뀌고 상황이 변해도 부담스러울 일이 없다.

최치우는 인맥보다 실력이 중요하다는 것을 증명하고 있었다.

그동안 쌓아둔 결과물을 바탕으로 남아공 지원 프로젝트는 생각보다 빨리 추진됐다.

P―1 역시 전 세계의 거물들에게 초도 물량 50개를 완판하고 추가 생산에 들어갔다.

올림푸스는 첫 번째 프로젝트로 세계적인 신소재 회사가 됐고, 두 번째 프로젝트로 세계적인 제약회사 반열에 올랐다.

완전히 다른 두 영역에서 독보적인 성과를 거둔 올림푸스의 기업 가치는 천정부지로 치솟는 중이다.

거래조차 되고 있지 않지만 올림푸스의 지분은 전 세계에서 손꼽을 정도로 비싼 비상장 주식임이 확실했다.

그런 와중에 최치우는 아무도 상상하지 못한 아프리카 지원을 현실로 이뤄내고 있었다.

그의 보폭에 한계 따위는 없는 것 같았다.

*　　　*　　　*

"대표님, 드릴 말씀이 있습니다."

백승수가 사뭇 비장한 표정으로 입을 열었다.

공적인 업무를 볼 때는 다들 최치우에게 깍듯하게 말을 높이지만 오늘은 유별났다.

뭔가 각오를 단단히 한 것 같았다.

백승수 혼자만이 아니었다.

바로 옆에 나란히 선 이시환도 딱딱하게 굳은 얼굴로 눈을 내리깔고 있었다.

최치우는 두 사람이 무슨 말을 하려는지 궁금해졌다.

"대표실로 들어가죠."

넓게 탁 트인 사무실에서 보고서를 읽고 있던 최치우가 몸을 일으켰다.

대표실로 들어온 최치우는 문을 닫고 블라인드를 내렸다.

백승수와 이시환이 마음 놓고 중요한 이야기를 할 수 있게 환경을 만들어준 것이다.

"편하게 말해보세요. 무슨 이야기인지 궁금하군요."

"남아공 난민 수용소를 지원하는 문제로 말씀드리고 싶습니다."

백승수가 안건을 꺼냈다.

최치우는 가만히 고개를 끄덕이며 경청하겠다는 뜻을 내비쳤다.

곧이어 이시환이 설명을 덧붙였다.

"생각보다 많은 예산이 들어갈 것 같습니다. 프로메테우스 P-1의 초도 물량이 완판됐지만 5천만 달러입니다. 우리 돈으로 600억 원 정도인데 그간의 투자 비용과 고정비, 세금 등을 제하면 약 200억 원가량의 순이익이 남습니다."

P-1의 판매로 인한 순익은 예상보다 크지 않았다.

초도 물량의 수가 너무 적었고, 그동안의 비용과 세금을 처리해야 하기 때문이다.

물론 30%가 넘는 이익률은 엄청나게 높은 편이다.

게다가 P-1의 판매로 인한 수익은 처음부터 작은 목표였다.

신약 개발 성공으로 거둔 올림푸스의 기업 가치 증가분은 수천억을 넘어 조 단위를 넘볼 것이다.

하지만 아무리 비싼 지분이라도 팔지 않으면 현금이 안 된다.

미쓰릴 발굴과 P-1의 초기 판매로 올림푸스가 손에 쥔 현금은 1,000억 이상.

분명 큰돈이지만 글로벌 비즈니스의 세계에서는 소액 취급을 받아도 할 말이 없다.

"우리의 기업 가치가 몇 조 이상으로 평가받는다는 사실을 모두 잘 알고 있습니다. 하지만 대표님, 현재 현금 유동성을 고려하면 남아공에 투입되는 비용이 너무 많습니다."

백승수와 이시환은 올림푸스의 살림을 챙기며 브레인 역할을 하고 있다.

최치우는 큰 그림을 그리고 남들이 상상하지 못하는 비전으로 사람들을 이끌어낸다.

그 과정에서 꼭 처리해야 하는 필수적인 업무는 두 사람이 커버하고 있었다.

올림푸스의 허리나 마찬가지인 두 사람의 염려를 최치우도 가볍게 들을 수 없었다.

"우리가 직접 남아공에 쓰는 예산이 어느 정도로 집계됩니까?"

진지한 표정을 지은 최치우가 질문을 던졌다.

학교 후배가 아닌, 기업의 오너이자 CEO로서 핵심 직원들에게 던지는 질문이다.

백승수는 미리 준비한 듯 곧장 대답했다.

"P—1의 약효와 부작용을 모두 다운그레이드시킨 P—2를 개발하고 생산하는 제반 비용이 생각 이상으로 많이 들어갑니다. 게다가 남아공 난민 수용소의 인원 역시 당초 예상보다 훨씬 많습니다. 식수 오염으로 인한 사상자를 가시적으로 낮추고 안정적으로 유지하기 위해서는… 최소 500억 원의 비용이 소요될 것으로 측정됩니다."

최치우도 조금은 놀랐다.

500억은 그의 계산을 뛰어넘는 비용이었다.

물론 500억이라는 숫자 앞에 위축될 만큼 최치우의 그릇이 작지는 않았다.

다만 예상 외로 프로젝트의 사이즈가 커졌다면, 그에 걸맞은 대책을 세워야 한다.

변수는 언제든 일어날 수 있었다.

그때마다 완벽한 정답을 제시하는 것.

그게 바로 리더의 역할이다.

"결론부터 말하자면 현금이 더 필요하다는 것이군요."

최치우는 어려운 문제를 짧게 요약했다.

복잡한 사안일수록 단순하게 바라볼 필요가 있었다.

어렵게 생각하면 해결책은 보이지 않는 법이다.

그러나 큰마음 먹고 직언을 결심한 백승수와 이시환은 하고픈 말이 남아 있는 눈치였다.

이번에는 이시환이 다시 한 발짝 앞으로 나섰다.

"P—2를 대량 생산해서 남아공 난민 수용소에 지원하는 프로젝트, 대폭 축소할 수는 없는 것인가요, 대표님?"

"이렇게 회사의 예산을 투자하는 이유를 느끼지 못하고 있군요."

백승수와 이시환은 동시에 고개를 숙였다.

하지만 최치우의 말을 부정하지도 않았다.

두 사람은 왜 최치우가 수백억 원을 남아공에 투자하려는지 이해하지 못했다.

말이 투자지 100% 기부나 다름없었다.

P—2를 배포하고 깨끗한 식수를 지원해도 올림푸스에게 돌아오는 것은 찬사밖에 없었다.

브랜드 이미지에는 도움이 되겠지만, 그러기엔 너무 큰 비용이 들어간다.

아무리 기업 가치가 높아졌어도 현금 유동성을 확보하는 건 중요한 문제였다.

최치우는 백승수와 이시환을 다시 봤다.

최근 팀장이라는 직함을 달게 된 두 사람은 누가 시키지 않아도 올림푸스를 자기 회사처럼 여기고 있었다.

그렇기에 진심으로 회사의 앞날을 걱정하는 것이다.

"백 팀장님과 이 팀장님이 어떤 마음으로 보고하는지 확실히 알겠습니다. 어쩌면 다른 직원들도 비슷한 생각을 하고 있을지 모르겠군요."

두 사람이 동요할 정도면 다른 직원들도 비슷한 고민을 할 가능성이 높았다.

그러나 최치우의 확신이 흔들릴 일은 없었다.

그는 잠시 고개를 끄덕인 다음 더욱 강하게 눈에 힘을 줬다.

최치우의 검은 눈동자 위로 칼날이 스며든 것 같았다.

"남아공을 지원하는 것, 이건 기부가 아닌 투자입니다. 나와 함께 아프리카 출장을 다녀온 임동혁 이사님이 두말 안 하고 기금을 조성하는 데 집중하는 이유가 있지 않겠습니까?"

"……."

백승수와 이시환은 선뜻 대답하지 못했다.

미친놈 같지만, 아니, 미친놈이 맞지만 한영그룹의 후계자답게 각성한 임동혁이 순순히 일을 추진하고 있었다.

원래 최치우의 말이라면 뭐든 믿고 따르는 임동혁이었다.

하지만 아프리카 출장 전후로 태도가 달라졌음은 부인하기 힘들었다.

과연 그는 아프리카에서 무엇을 보고 돌아온 것일까.

두 사람의 생각이 거기에 닿았을 때, 최치우가 다시 입을 열었다.

"500억? 아니, 1,000억을 투자해도 상관없습니다. 남아공에서만 1조, 10조의 가치를 얻어낼 테니까."

확신에 가득 찬 목소리가 울려 퍼졌다.

백승수와 이시환은 마치 최치우에게 혼이 나는 듯한 기분이 들었다.

그렇지만 결코 불쾌한 느낌은 아니었다.

오히려 불안과 고민을 말끔히 해소해 주는 가뭄의 단비와 같은 음성이었다.

"남아공에 돌아가 P—2와 식수 지원 체결식을 하는 날, 우리는 이제껏 누구도 상상하지 못한 계약을 따내게 될 겁니다."

최치우의 입에서 상상하기 힘든 계약이라는 말이 나왔다.

그가 남아공 정부로부터 무엇을 얻어낼지, 어떤 방식으로 아프리카 남부에 교두보를 마련할지 짐작조차 하기 힘들었다.

최치우는 당장 필요한 현실적인 해결책을 마련해 주는 것도 잊지 않았다.

"올림푸스의 기업 가치는 계속 올라갈 게 확실하니 지분을 파는 건 손해를 보는 일입니다. 대신 지분을 담보로 은행 대출을 받도록 하죠. 급한 현금 유동성은 어느 정도 해결될 겁니다."

절대 풀리지 않는 매듭을 단칼에 잘라낸 알렉산더 대왕처럼 최치우는 어려운 문제를 간단하게 만들었다.

잠시 후, 용기를 낸 백승수가 마지막 질문을 덧붙였다.

"대표님, 남아공에서 어떤 계약을 따낼 계획인지 지금 물어봐도 괜찮을까요?"

최치우는 씨익 미소를 지었다.

"우리 올림푸스는 남아공의 광산을 얻게 될 겁니다."

* * *

최치우는 과감하게 움직였다.

보통 첫 사업으로 성공한 사람들은 금방 두려움에 빠진다.

어렵게 이룬 성공이 한순간에 무너질까 봐 보수적으로 변하는 것이다.

그러나 최치우는 두려움을 모르고 적진으로 돌진하는 선봉장 같았다.

그는 회사의 오너이자 CEO지만 누구보다 열정적으로 일에 매진하고 있었다.

이시환과 백승수를 포함해 다른 직원들도 막대한 금액을 남아공에 투자하는 것을 염려한 게 사실이다.

최치우는 남아공의 광산을 얻을 거란 목표를 다른 직원들에겐 공개하지 않았다.

그럼에도 불구하고 올림푸스의 분위기는 차차 달라졌다.

20살에 독도 해저 자원 개발을 성사시키고, 21살에 올림푸스를 일으켜 펜타곤의 VVIP가 된 사람이 최치우이다.

22살의 그는 수많은 제약회사들을 바보로 만들며 신개념 해독제를 개발했다.

그런 최치우가 남아공의 난민 수용소에 대대적인 투자를 한다면 분명 남모를 뜻이 있을 것이다.

올림푸스에 인생을 건 직원들은 최치우가 낭만적인 성인군자일 리 없다고 믿었다.

수백억 원을 쓰는 이면에 또 다른 큰 그림이 숨어 있을 것이라 생각했다.

직원들이 불안감을 극복하고 하나로 뭉치자 일은 더 빨리 진행됐다.

정부의 공식 지원도 결정 났고, 임동혁도 한영그룹 주도로 기금을 조성했다.

올림푸스에서 남아공에 쓸 실탄, 현금을 확보하기만 하면 당장에라도 지원식을 체결할 수 있었다.

최치우는 홍보팀을 통해 국내외 언론에 남아공 난민 수용소 지원 소식을 알렸다.

곧 케이프타운 현지에서 지원식이 열릴 예정이며, 올림푸스와 한국 및 남아공 정부의 주요 인물들이 참석할 거라는 정보를 퍼뜨린 것이다.

세계가 주목하는 창의적인 회사로 성장한 올림푸스의 첫 번째 대규모 자선사업이다.

국내외 언론은 남아공의 특파원들에게 미리 준비를 시켰다.

최치우는 주머니 속 용돈을 꺼내듯 은행으로부터 수백억 원을 대출받았다.

비상장 상태이긴 해도 천문학적 가치를 인정받는 올림푸스의 지분을 담보로 잡았기에 가능한 일이었다.

덕분에 금리 또한 최저 수준으로 설정할 수 있었다.

최치우, 그는 이제 은행의 지점장이 버선발로 뛰어나와 맞이하며 수백억 원을 마치 몇 만 원 빌려주듯 내어주는 존재가 됐다.

임동혁을 데리고 케이프타운을 다녀온 지 한 달도 지나지 않았다.

한국의 날씨는 추워지고 있지만, 최치우는 1년 내내 뜨거운 대륙 아프리카로 다시 날아갔다.

이번에는 임동혁과 둘이 떠나는 출장이 아니었다.

한국 정부에서는 외교부장관이 수행원들을 대동하고 짐을 꾸렸다.

올림푸스에서도 최치우와 임동혁, 그리고 리키와 이시환이 함께 비행기를 탔다.

재계의 기금 조성을 주도한 한영그룹에서도 사장급 임원을 보내 격을 맞췄다.

최치우의 추진력 덕분에 한국과 남아공이 갑작스레 대규모 교류를 시작하게 된 것이다.

아시아와 아프리카.

올림푸스는 동떨어진 두 대륙을 잇는 다리가 되고 있었다.

* * *

P—2와 식수 지원 체결식을 난민 수용소 앞에서 할 수는 없었다.

남아공 정부는 수용소에서 비교적 가까운 거점 도시인 케이프타운에 행사장을 마련했다.

그들 입장에서는 쌍수를 들고 환영할 일이었다.

난민 수용소는 남아공의 오랜 골칫거리였다.

더군다나 지속적으로 식수 오염 환자들이 발생하고 사망자가 늘어나면서 부담도 점점 커졌다.

그런데 최치우가 나서서 해결책을 들고 온 것이다.

단순히 식수 오염만 해결해 준 게 아니었다.

한국 정부와 여러 기업을 움직여 깨끗한 식수와 생필품을 안정적으로 공급받게 해줬다.

남아공 정부는 가만히 앉아 있는데 하늘에서 천사가 나타나 선물 보따리를 주고 간 격이다.

천사들을 몰고 온 대천사는 다름 아닌 최치우였다.

그는 체결식 행사에서도 한국의 외교부장관보다 더 극진한 대우를 받았다.

남아공 정부에서도 실제로 일을 주도하는 사람은 최치우란 걸 알고 있었다.

한국 외교부장관은 숟가락을 얹었을 뿐이라는 사실을 모르면 바보다.

물론 한국 외교부장관도 나름 어깨에 힘을 줬다.

그 역시 최치우 덕분에 톡톡한 성과를 얻게 됐다.

남아공과 한국의 관계가 돈독해졌고, 국제사회에서 한국 정부가 오랜만에 리더 역할을 하며 본을 보였다.

어쩌면 이번 체결식이 그의 장관 재임 중 가장 큰 업적으로 평가받을지 모른다.

최치우를 바라보는 외교부장관의 시선이 훈훈할 수밖에 없었다.

"하아! 외국에서 공식 행사를 치르려니 피곤하네."

체결식이 무사히 끝나고 호텔로 돌아온 이시환이 한숨을 쉬었다.

리키는 비행기에서 한잠도 안 자더니 이내 뻗었다.

임동혁은 최치우를 대신해 외교부장관 등 한국의 귀빈들과 술자리를 갖고 있었다.

그래서 최치우와 이시환만 방이 여러 개 딸린 호텔의 스위트룸에 남게 된 것이다.

"아직 피곤하면 안 되는데. 시환이 형, 지금부터 훨씬 중요한 일이 남았어."

최치우는 둘만 남게 되자 이시환을 편하게 불렀다.

모든 일정이 끝난 줄 알고 있던 이시환이 눈을 동그랗게 떴다.

"이 시간에 또 일정이 있다고?"

"우리가 체결식이나 하자고 남아공까지 온 줄 알아?"

"그럼… 아!"

말끝을 흐리던 이시환이 뭔가 떠오른 듯 탄성을 터뜨렸다.

최치우가 이시환과 백승수에게 설명하며 해준 말을 기억한 것이다.

"내가 말했잖아. P—2와 식수를 지원하는 날, 우리는 남아공의 광산을 얻게 될 거라고."

"그래도 정말 이렇게 당일? 난 시일을 두고 이야기를 꺼낼 줄 알았지."

"형, 내가 하나 알려줄게. 남아공 정부 관계자들은 지금 우리 때문에 기분이 최고조로 좋아졌어. 기회다 싶으면 무조건 치고 들어가는 거야. 망설이는 사람에겐 문이 열리지 않아."

최치우의 말을 들은 이시환은 진지한 표정으로 고개를 끄덕였다.

돈 주고도 배울 수 없는 인생의 교훈을 얻은 듯했다.

최치우는 옷을 갈아입으며 나갈 채비를 했다.

"마음의 준비를 해둬. 우리가 아프리카에 진출하게 되면 현장 책임자로 형을 생각하고 있으니까."

"응? 나를?"

"승수 선배는 사무실이 더 어울리는 것 같고, 내가 확실히 믿을 수 있는 사람 중에서 형이 적응력 하나는 최고잖아."

최치우는 농담하는 게 아니었다.

그는 아프리카 진출의 선봉장으로 이시환을 염두에 두고 있었다.

누구라도 외국에서 적응하는 건 쉽지 않다.

하지만 유쾌한 성격에 친화력을 두루두루 갖춘 이시환은 금방 현지인들과 어울릴 것 같았다.

"싫다고 하면 안 보낼 테니 너무 걱정하진 말고. 힘들겠지만 그만큼 큰 기회일 거야. 팀장이 아니라 아프리카 전체를 책임지는 본부장급으로 승진하는 셈이잖아."

이시환은 첫 직장이 올림푸스인 사회 초년생이다.

이십 대 후반이 됐지만 최치우에 비해 나이가 많은 것일 뿐 일반 기업에선 신입사원 연차다.

그런데 올림푸스에서는 벌써 팀장이라는 중책을 맡았고, 한 지역을 책임지는 본부장 인선까지 거론되고 있었다.

최치우를 믿고 인생을 건 만큼 확실한 보상이 주어지는 것이다.

올림푸스라는 로켓에 올라탄 이시환의 용기 덕분이기도 했다.

"일단 알겠어. 너무 갑작스러운 이야기지만 나도 고민은 하고 있을게, 치우야."

이시환은 기회를 잡을 줄 아는 사람이었다.

낯선 아프리카에서 일을 하게 될지 모른다는 말에 겁을 먹지 않았다.

오히려 최치우가 얼마나 큰 기회를 주려는 것인지 바로 이해했다.

최치우는 미소를 지으며 옷을 마저 갈아입었다.

정장 재킷을 벗고 얇은 셔츠에 청바지를 입은 그는 여행을 온 대학생처럼 보였다.

사실 나이로 따지면 아직도 대학생이어야 정상이다.

전 세계의 주목을 받고 억이 아닌 조 단위로 평가받는 회사를 일으켜 세운 게 비정상이다.

물론 몸은 22살이지만, 영혼에는 7개 차원에서 8번의 삶을 살아오며 쌓인 경험과 능력이 각인돼 있었다.

그렇기에 가능한 일이었다.

그러나 현대의 사람들이 보기에 최치우는 불가사의한 괴물인 게 당연했다.

"갔다 올게. 좀 쉬고 있어."

"잘하고 와. 하긴, 언제나 뭐든 잘해서 무서울 정도지만."

"우리 형 본부장 만들려면 내가 잘하고 와야지. 하하!"

최치우는 농담을 던지며 걸어갔다.

스위트룸이 워낙 넓어서 문을 열고 나가려면 기다란 복도를 통과해야 했다.

이시환은 최치우의 뒷모습을 바라보며 생각에 잠겼다.

더 이상 어떤 의심도 들지 않았다.

오늘 밤 최치우는 그가 말한 대로 남아공의 광산을 얻고 돌아올 것 같았다.

*　　　*　　　*

남아공의 국토는 한반도의 5.5배에 달할 정도로 광활했다.

그렇지만 사람들이 모여 사는 대도시는 한정적이었다.

요하네스버그, 케이프타운 등을 제외하면 국토의 대부분이 미개척지라 해도 과장이 아닌 것이다.

특히 국토 곳곳에 광산이 넘쳐났다.

금, 망간, 백금, 알루미늄 등 다양한 광물이 세계에서 가장 많이 매장되어 있는 나라가 바로 남아프리카공화국이었다.

이토록 많은 광물을 갖고 있지만, 남아공 정부는 모든 광산을 관리하지 못했다.

그만한 기술도, 돈도 없기 때문이다.

그래서 2000년대 초반부터는 외국 자본을 적극적으로 유치해 왔다.

국제적인 광산 회사들이 남아공의 광물을 노리고 합작을 맺었다.

그럼에도 불구하고 남아공에는 외국 자본에 넘겨주지도, 자체적으로 개발하지도 않은 광산이 많이 남아 있었다.

과거 남아공 정부가 어설프게 건드렸다가 폐광산이 된 곳도 허다했다.

버려진 폐광산을 다시 개발하면 어떤 광물이 쏟아질지 모른다.

최치우는 남아공에 대해 조사하면 할수록 보물 지도를 발견한 기분이 들었다.

수백억 원을 투자해 난민 수용소를 돕고, 올림푸스의 국제적인 이미지를 한껏 끌어 올린 건 100% 남는 장사다.

그것을 바탕으로 최치우는 수조 원의 이익을 얻어낼 거라고 확신했다.

"확실히 젊어도 너무 젊단 말이지. 대단한 사람이란 건 잘 알고 있지만."

최치우의 맞은편 소파에는 뚱뚱한 흑인 남자가 앉아 있었다.

몸을 반쯤 파묻고 거만하게 고개를 까닥거리는 남자는 남아공의 재무부장관이다.

전통적으로 남아공 대통령은 최측근을 재무부장관에 앉혔다.

사실상 재무부장관이 승인하면 남아공에서 안 되는 일이 없다고 봐도 된다.

최치우는 약 한 달 전 난민 수용소를 다녀간 후 꾸준히 작업을 했다.

남아공 재무부장관을 움직이기 위해 각고의 노력을 기울였다.

결국 체결식에는 참석하지 않은 재무부장관이 최치우와 은밀한 독대를 하게 됐다.

"제 나이 때문에 불안하십니까?"

최치우는 여유로운 얼굴로 남아공의 최고 권력자를 상대했다.

그의 물음에 재무부장관인 마사투는 부정하지 않고 고개를 끄덕였다.

"광산 개발은 우리의 국책 사업이지. 외국 기업에게 맡기면 그만큼 확실한 이익을 남아공에게 돌려줘야만 해. 그러니 경험이 없는 어린 사람을 믿어도 될지 고민스럽네. 물론 난민 수용소에 지원을 해준 건 고마운 일이지만… 그건 그거고 이건 이거 아니겠나?"

마사투는 호락호락한 인물이 아니었다.

지원만 받고 입을 싹 닦을 수도 있는 사람이었다.

그러나 최치우 역시 순진한 성인군자는 아니었다.

그는 세계를 바꾸고 사람들을 돕는 데 관심이 있지만, 수백억을 써가며 만든 기회를 허무하게 날릴 생각은 조금도 없었다.

체결식에서의 최치우가 성인(聖人)이었다면 지금은 철저히 상인(商人)이 되어 거래를 터야 했다.

그는 마사투의 눈을 마주 보며 대답했다.

"경험이 없었지만 펜타곤이 손을 내밀게 만들었습니다. 경험이 없었지만 어느 제약회사도 만들지 못한 해독제를 개발했습니다. 마찬가지로 경험이 없지만 남아공의 광산에서 어떤 기업보다 더 빛나는 가치를 창출해 내겠습니다."

최치우와 올림푸스의 경력은 말이 필요 없는 보증수표다.

이미 알고 있는 사실임에도 불구하고 막상 장본인에게 직접 이야기를 들은 마사투의 눈빛이 흔들렸다.

"저기… 그 해독제 말인데… 혹시 하나 구할 수 있다면……."

"알고 계시겠지만 P—1은 100만 달러에 초도 물량 50개가 모두 판매됐습니다. 2차 물량도 생산되면 과정을 거쳐 판매자를 선정할 계획입니다."

프로메테우스1은 돈이 많다고 살 수 있는 해독제가 아니었다.

마사투는 아쉬운 듯 입맛을 쩝쩝 다셨다.

그때 최치우가 표정을 살짝 풀면서 미끼를 던졌다.

"그러나 판매는 어려워도 친구에게 선물은 할 수 있죠. 광산개발권을 올림푸스에게 준다면 그때부터 우리는 더 가까운 친구가 되는 것 아니겠습니까."

"그렇지? 그림이 아주 좋아서 말이네. 난민 수용소를 지원한 올림푸스가 남아공의 광산 개발, 즉 경제 개발도 함께한다……."

마사투의 말투가 달라졌다.

어린 최치우를 슬쩍 떠보려 했지만, 자신도 모르는 사이 그의 페이스에 말려든 것이다.

최치우는 P—1이라는 비장의 무기를 적극적으로 활용했다.

이럴 때 힘 있게 쓰기 위해 일부러 판매 수량을 제한한 것이기도 했다.

"저도 P—1을 마음대로 구하기 힘들지만 특별히 두 개를 준비하겠습니다. 올림푸스와 남아공이 친구가 되는 것을 기념하며."

순간 마사투가 웃음을 숨기지 못했다.

그는 혹시 P—1을 받으면 대통령에게 진상할 생각이었다.

하지만 두 개를 받는다면 그중 하나는 자신이 가질 수 있었다.

물론 단순히 프로메테우스 때문에 광산 개발권을 넘길 수는 없었다.

그러나 최치우가 내건 P—1이라는 미끼는 마사투가 빠른 결정을 내리는 데 도움을 주는 양념 역할을 톡톡히 했다.

"올림푸스를… 믿어도 되겠지?"

"남아공은 최고의 친구를 얻게 될 겁니다."

"들은 것 이상이야. 나이를 믿을 수 없단 말이지."

마사투는 최치우의 화술에 감탄하며 고개를 흔들었다.

'됐다.'

최치우는 대어를 잡았다고 확신했다.

올림푸스는 남아공의 광산을 개발하며 아프리카에 교두보를 세울 것이다.

또한 광산 개발로 수익을 얻으면 지분을 팔지 않고도 충분한 현금을 확보할 수 있었다.

올림푸스는, 그리고 최치우는 매번 카멜레온처럼 변신하며 덩치를 키워나갔다.

“자, 친구가 되어보지.”

마사투가 크고 두툼한 손을 내밀었다.

최치우는 그와 악수를 나누며 말없이 미소를 지었다.

6장
진격의 올림푸스

올림푸스는 남아공 정부로부터 무려 20개의 광산 채굴권을 양도 받았다.

그러나 당장 이런 사실을 알리지는 않았다.

수면 아래에서 모든 준비를 갖추고 때가 됐을 때 확실하게 터뜨리는 것이 최치우의 방식이었다.

미리 설레발을 치며 관심을 끌어모을 필요가 없었다.

이미 프로메테우스의 개발과 남아공 난민 수용소를 지원하는 것만으로도 관심은 흘러넘칠 지경이다.

한국으로 돌아온 최치우는 삼인회의를 소집했다.

따로 이름이 붙은 것은 아니지만, 정말 중요한 안건을 의논할 때만 모이는 세 사람이 오랜만에 만난 것이다.

최치우와 임동혁, 그리고 S대의 김도현 교수.

전설적인 고고학자 김도훈의 손자이자 최치우의 가능성을 알아보고 길을 열어준 은사 김도현 교수는 못 본 사이 더욱 눈빛이 깊어져 있었다.

뿔테 안경 너머로 보이는 갈색 눈동자는 마치 마법의 정수를 깨달은 현자 같았다.

최치우는 7번의 환생을 거친 영혼의 소유자지만, 김도현 교수를 진심으로 존중했다.

그처럼 깊은 사유와 성찰을 해내는 지식인은 어느 세계에나 무척 드물었다.

스승이라고 부르기에 하나도 부끄러움이 없는 인물이었다.

"20개의 광산이면 정말 엄청난 결실인데… 이게 끝이 아니라고 했지요?"

김도현 교수는 최치우가 남아공 재무부장관에게서 받아 온 비공개 계약서를 살펴보고 있었다.

최치우는 고개를 끄덕이며 부연했다.

"향후 성과에 따라 추가로 더 많은 광산의 개발권을 얻게 될 수도 있습니다. 꽤 많은 국제 자본이 남아공의 광산 개발을 시도하고 있지만, 후발 주자인 우리가 1위로 치고 올라가게 될지도 모릅니다."

"하지만 광산 개발에는 막대한 초기 비용이 소요되는 편이에요. 현지에서 인부를 구하는 것부터 장비와 베이스캠프 구성까지……. 그 비용을 감당하지 못해서 남아공 정부도 외국 자본을 끌어들이는 것 아니겠어요?"

"해결책은 하나밖에 없습니다."

"역시……."

김도현 교수는 최치우가 무슨 말을 할지 짐작하고 있었다.

비즈니스 파트너인 임동혁도 평소와 다르게 진지한 표정이었다.

그만큼 최치우가 중대한 결심을 내렸다는 걸 알기 때문이다.

"뉴욕 증시에 올림푸스를 상장할 계획입니다."

결국 올 것이 왔다.

기업 공개와 상장은 피할 수 없는 길이다.

남아공의 광산 개발을 위해 소요될 막대한 비용을 감당하기 위해선 상장이 최선의 방법이었다.

사실 올림푸스는 다른 기업에 비해 상장이 늦은 편이었다.

웬만한 회사 같았으면 펜타곤과 기술 제휴를 발표하자마자 상장을 시도했을 것이다.

하지만 최치우는 서두르지 않았다.

그는 프로메테우스라는 초유의 히트작을 연달아 성공시키며 올림푸스의 기업 가치를 최대치로 끌어 올렸다.

기업 공개 절차를 거쳐 상장을 하게 되면 주가는 비상장 상태에서 거론되는 것보다 훨씬 높을 것이다.

"치우 군, 단번에 한국이 아닌 세계의 젊은 갑부로 뛰어오르겠네요."

김도현은 미소를 지으며 앞날을 내다봤다.

최치우가 보유하고 있는 주식만으로도 그는 어마어마한 부자가 될 수밖에 없었다.

"밑그림을 그려놓고 남아공의 광산 개발권을 확보했다고 알리면서 기업공개 절차에 들어갈 예정입니다. 상장을 하게 되면 외부 투자도 더 자유롭게 받을 수 있으니 초기 비용은 문제없을 것 같습니다."

"어디 초기 비용뿐이겠어요. 치우 군이 그리는 일들을 추진하는 데 있어 든든한 날개가 되겠지요."

"그래도 제 지분은 50% 이상으로 유지할 생각입니다."

"그건 무척 이례적이네요. 보통 오너들은 10%를 넘기는 경우도 드물잖아요."

"최후의 순간 무슨 일이 벌어져도 올림푸스는 제가 지킬 수 있게 안전장치를 마련해 두고 싶습니다. 어차피 기존에 보유한 20%가량을 내놓고 증자까지 거치면 자금은 모자라지 않을 테니까요."

최치우는 일반적인 경영 상식을 따르지 않았다.

글로벌 기업의 경우 개인이 5% 안팎의 지분만 가져도 대주주 소리를 듣는다.

오너들 역시 10%가 못 되는 지분으로 경영권을 행사한다.

그러나 비즈니스의 세계는 냉정했다.

창업 공신 스티브잡스가 애플에서 쫓겨난 것도, 오성그룹이 해외의 펀드에게 잡아먹힐 뻔한 것도 모두 오너의 지분 보유량이 낮기 때문이었다.

최치우는 막대한 세금을 내는 등 다른 리스크를 감수하더라도 지분 보유량을 50% 이하로 떨어뜨릴 생각이 없었다.

올림푸스는 온전히 그의 회사였다.

상장 이후에도 주주들의 눈치를 보는 일 따윈 없을 것이다.

일반적인 상식과는 다른 행보지만, 올림푸스의 성장 자체가 비상식적이었다.

김도현 교수도 최치우의 결정을 이해하는 듯 가만히 고개를 끄덕였다.

"교수님, 이왕 판을 벌이는 거 제대로 해보려고 합니다."

이번에는 임동혁이 입을 열었다.

안하무인에 제멋대로인 그가 함부로 대하지 않는 사람이 딱 두 명 있는데 바로 이 자리에 모인 최치우와 김도현이었다.

그는 김도현 교수를 바라보며 최치우와 의논한 내용을 말했다.

"한영그룹에는 광산 개발 경험이 있는 계열사가 없습니다. 그렇다고 다른 그룹과 손을 잡고 밥을 떠먹여 주고 싶은 생각도 없습니다."

"올림푸스의 힘만으로 남아공 광산 개발을 시행하겠다는 생각이네요."

"맞습니다. 최 대표님의 강한 의지이기도 합니다."

임동혁이 최치우를 가리켰다.

김도현은 두 사람 사이에 대충 어떤 대화가 오갔는지 안 봐도 알 수 있었다.

이런 경우 광산 개발 경험이 있는 다른 기업과 손을 잡는 게 정석이다.

하지만 최치우는 올림푸스의 독자적 행보를 주장했을 것이다.

김도현 교수는 은은한 미소를 지으며 대답했다.

"치우 군이 마음을 먹었다면 반드시 그대로 해야 직성이 풀리겠지요. 그래서 내가 어떤 부분을 도와주면 될까요?"

"최고의 팀을 만들 수 있게 인재들을 영입해 주시길 부탁드립니다. 교수님의 안목과 네트워크라면 광산 개발의 적임자들을 수월하게 구할 수 있을 것 같습니다. 업계 최고의 대우를 약속하겠습니다. 헤드 쿼터만 한국에서 꾸려지면 현장의 실무 인력은 남아공에서 채우면 됩니다."

"작은 규모의 계열사 하나를 건립하는 것과 마찬가지라고 생각해야 할 거에요."

"그 정도 각오는 하고 있습니다. 저 말고 최 대표님이."

임동혁이 웃으며 공을 최치우에게 넘겼다.

최치우는 당연하다는 듯 표정 변화가 없었다.

광산 개발팀을 따로 만드는 것은 쉬운 일이 아니다.

김도현 교수의 말처럼 계열사 하나를 새로 설립한다고 생각해야 한다.

최치우는 상장으로 얻게 되는 자금의 상당 부분을 남아공 광산 개발에 투자할 작정이다.

매번 비슷하지만 그야말로 올림푸스의 사운(社運)을 걸고 프로젝트를 추진하는 것이다.

미쓰릴 발굴이나 프로메테우스 개발은 리스크가 크지 않았다.

그나마 프로메테우스를 개발할 때 비용을 많이 쓴 편이다.

하지만 광산 개발은 기본 사이즈 자체가 달랐다.

투자 비용을 회수하지 못하면 주가가 폭락할 것이고, 올림푸스가 뿌리부터 휘청거리게 될 터이다.

"교수님."

한동안 입을 닫고 있던 최치우가 김도현을 불렀다.

그는 몇 마디 짧은 말에 자신의 웅대한 포부를 담았다.

"아프리카와 한국, 세계사에서 언제나 변방이었습니다. 하지만 변방에서 불어온 바람이 전 세계를 바꾸게 될 겁니다."

뿔테 안경 너머 김도현 교수의 눈동자가 흔들렸다.

듣고 그냥 넘길 수 없는, 너무도 어마어마한 선언이었다.

중세 이후 서양이 주도해 온 세계 질서를 완전히 바꾸겠다는 뜻이다.

그 말을 한 것이 최치우가 아니었다면 김도현 교수는 농담쯤으로 가볍게 들었을 것이다.

하지만 뱉은 말은 반드시 지키는 최치우의 말이다.

김도현 교수는 새로운 미래를 상상할 수밖에 없었다.

"치우 군의 올림푸스는… 세계 최고의 기업이 되는 게 목표가 아니군요."

"시가총액 1위? 아니면 자산이나 매출 1위? 그런 게 뭐가 중요하겠습니까. 제가 늘 말하지만 올림푸스는 세상을 바꾸기 위한 기업입니다."

세상을 바꾼다는 말을 아무렇게나 쓰이고 있다.

그러나 최치우는 확연히 다른 무게감으로 그 말을 사용해 왔다.

김도현 교수도 이제야 최치우가 그리는 미래의 한 조각을 엿볼 수 있었다.

"변방에서 불어오는 바람……."

그는 최치우가 언급한 문장을 곱씹었다.

세계사의 그늘에 자리하던 아프리카, 그리고 대한민국.

두 지역에서 불어온 바람이 미래의 역사를 새로 쓸지도 모른다.

남아공의 광산 개발은 원대한 첫걸음이다.

김도현은 자신이 역사의 순간에 위치하고 있음을 깨달았다.

최치우와 올림푸스는 누구도 가보지 않은 미래를 향해 거침없이 진격하고 있었다.

* * *

드디어 올 것이 왔다.

올림푸스가 기업 공개 절차를 거쳐 뉴욕 증시에 상장할 계획이라는 보도 자료를 배포했다.

경제 분야와 재계의 사람들은 크게 놀라지 않았다.

언젠가는 상장할 거라고 예측했기 때문이다.

한국이 아닌 뉴욕 증시를 선택한 것도 최치우다웠다.

세계에서 가장 많은 돈이 모이는 뉴욕 증시에서 제대로 승부하겠다는 최치우의 집념이 엿보였다.

충격적인 소식은 따로 있었다.

올림푸스가 남아공 정부로부터 20개 광산의 개발권을 양도받았다는 뉴스였다.

최치우는 상장을 준비한다는 보도 자료를 배포하고 정확히 사흘 뒤 남아공 광산 개발 소식을 알렸다.

완벽하게 계산된 타이밍이었다.

일단 화제가 되면 주가는 무조건 오른다.

남아공 광산 개발은 올림푸스가 시행하기에 여러 위험성이 있는 사업이었다.

그럼에도 불구하고 엄청난 이슈가 될 수밖에 없었다.

곧 뉴욕 증시에 오르내릴 올림푸스의 주가는 고평가 흐름을 타고 비상했다.

사람들은 올림푸스의 시가총액이 얼마까지 올라갈지 다양한 의견을 내놓았다.

확실한 것은 모두 1조 원 이상을 바라본다는 사실이다.

최소 1조, 많게는 5조 이상.

직원이 50명도 안 되는 작은 기업의 시가총액으로는 엄청나게 높은 액수였다.

하지만 글로벌 증시의 트렌드를 생각하면 충분히 이해할 수 있었다.

2010년도 이후 주요 투자자들은 당장의 매출보다 가능성에 무게를 두었다.

매년 적자를 거듭하는 전기차 회사의 시가총액이 미국 최대 자동차 회사인 GM을 따돌린 지 오래이다.

매출로 비교하면 이해할 수 없는 일이지만, 미래의 가능성이 현재의 돈보다 훨씬 높은 평가를 받은 셈이다.

올림푸스가 보여준 가능성과 잠재력은 역대급이라고 설명할 수밖에 없었다.

상장이 완료되면 최치우는 최소 1조 원 이상의 자산을 보유한 갑부가 된다.

너무도 천문학적인 금액이라 오히려 현실성이 없게 느껴진다.

처음 빵셔틀 고등학생으로 환생을 하고, 돈을 벌기 위해 웹툰과 파이트 클럽을 선택한 때와는 천지 차이이다.

그는 상장을 통해 확보한 자금으로 남아공에 진지를 구축할 것이다.

계획대로라면 단순히 광산 개발 회사를 세우는 것에 그치지 않을 터였다.

최치우는 아프리카에서 비즈니스를 하는 최대 리스크가 무엇인지 알고 있었다.

바로 누구의 통제도 받지 않는 게릴라 반군 집단이다.

아프리카를 거점으로 삼아 세계를 바꾸기 위해서는 반드시 반군들을 해결해야 한다.

UN의 평화유지군도 해내지 못한 일이지만 최치우는 거기까지 염두에 두고 있었다.

변방의 바람으로 세상의 역사를 바꾸는 게 쉬울 리 없었다.

사람들은 올림푸스가 주식시장에서 벌어들일 돈에 관심을 갖고 있었다.

하지만 정작 최치우는 아프리카의 고질적 문제를 해결하며 금력(金力)과 무력(武力)을 함께 갖출 작전을 짜고 있었다.

기업이 독자적인 무력을 갖기란 불가능했다.

오직 아프리카, 혼돈의 검은 대륙에서만 가능한 일이었다.

최치우의 머릿속에는 평범한 사람들이 도무지 짜낼 수 없는 전략이 가득했다.

그는 여러 차원에서의 경험 때문에 무력의 중요함을 절실히 알고 있었다.

아무리 현대를 움직이는 힘이 권력과 금력이라 해도 최후의 순간 무력은 빛을 발하게 돼 있었다.

“남아공 광산을 개발하는 건 시작에 불과합니다. 우리는 먼저 남부 아프리카의 반군을 소탕하며 영향력을 넓힐 겁니다. 올림푸스 외인부대의 이름은 헤라클래스. 리키가 바로 헤라클래스의 리더가 됐으면 좋겠습니다.”

최치우는 리키를 따로 불러 자신의 구상을 알려줬다.

뉴욕 증시 상장이 정해진 수순이라면 헤라클래스 창설은 역사였다.

최치우는 분야를 가리지 않고 바쁘게 새로운 역사를 쓰고 있었다.

* * *

한국에서는 총기 소지 자체가 엄격하게 금지돼 있다.

총기 및 도검류의 허가를 받기도 까다롭고, 이후에도 지속적인 관리 감독을 받을 수밖에 없다.

그렇기에 전국적인 위세를 과시하는 조폭들도 부엌칼이나 사시미를 연장으로 사용한다.

미국이나 러시아, 이탈리아 마피아처럼 대규모 총격전은 꿈도 못 꾼다.

국가에 의해 철저히 통제를 받기에 한국의 치안 수준은 매우 높은 편이다.

하지만 옆 나라 일본으로 넘어가면 야쿠자들이 알게 모르게 사회의 음지를 장악하고 있다.

홍콩의 경우는 훨씬 더 심각하다.

홍콩 삼합회는 정계와도 밀착되어 있고, 실제로 총기류를 사용하기도 한다.

아프리카는 어떨까.

반군이 득세하고 하루건너 내전이 열리는 검은 대륙은 치안의 사각지대라 해도 과언이 아니다.

지구에서 아프리카와 비슷한 치안 수준을 가진 지역은 중동이나 멕시코 정도일 것이다.

물론 아프리카에서도 남아공의 케이프타운처럼 치안이 잘 유지되는 지역도 존재한다.

그러나 같은 남아공의 요하네스버그, 또는 이름 모를 도시로 넘어가면 군대와 경찰의 힘은 한없이 작아진다.

부유한 축에 속하는 남아공의 사정은 양호한 편이다.

반군과 정부군이 내전을 지속하는 국가들의 경우 지옥이 따로 없다.

언론을 통해 알려지지 않았을 뿐, 드넓은 아프리카 대륙 곳곳에서 야만의 역사가 자행되고 있었다.

그렇기에 아프리카 각국의 정부들은 궁여지책으로 사설 무장 단체를 허용하는 추세였다.

UN의 평화유지군은 적극적으로 전투에 개입하지 않았다.

그들은 전투부대라기보다는 보급이나 치료, 기반 시설 건설에 특화된 부대였다.

그렇다고 각국에서 정부군을 대폭 늘리기엔 현실적인 어려움이 따른다.

무조건 징병을 한다고 해서 강한 군대가 되는 게 아니었다.

훈련부터 무기 수급까지 군대를 유지하는 일은 무척이나 어렵다.

결국 제일 쉬운 방법이 돈을 주고 무장 단체에게 전투 의뢰를 하는 것이다.

사설 무장 단체가 게릴라 반군을 맡아주면 정부군은 인명

피해 없이 치안 유지에 힘을 쓸 수 있다.

단순히 경호원 수준이 아닌, 독립적인 군대를 합법적으로 허용하는 것이다.

최치우는 남아공 정부의 실세 마사투 장관으로부터 무장 단체 설립을 허가 받았다.

주식시장 상장을 앞두고 광산 개발 소식만 알렸을 뿐, 실제로는 무장 단체 설립에 더 많은 공을 들이고 있었다.

굳건한 무력으로 스스로를 지키지 못하면 기껏 개발한 광산을 뺏길 수도 있었다.

남아공에 들어온 국제적인 광산업체들은 대부분 사설 무장 단체와 거액의 계약을 맺는다.

최치우는 그 돈으로 직접 무장 단체를 키우려는 것이다.

당장은 더 많은 돈이 들어가겠지만, 훗날 아프리카 전체를 올림푸스의 진지로 만드는 데 큰 힘이 될 거라고 확신했다.

헤라클래스는 올림푸스의 아프리카 법인을 지켜줄 사설 무장 단체이다.

리키는 사설 무장 단체 파트의 리더가 될 것이고, 이시환은 아프리카 법인의 본부장이 될 예정이다.

물론 중량감 있는 전문 경영인과 직원들 또한 별도로 선임하며 남아공에 상주시킬 계획이다.

변방에서 불어온 바람으로 세계를 바꾸겠다는 최치우의 말은 허세가 아니었다.

그는 세계의 패권을 바꾸기 위해, 역사를 새로 쓰며 나아가기 위해 차근차근 준비하고 있었다.

*　　　　*　　　　*

“이력서는 전부 화려한데… 우리가 삼류 용병 집단도 아니고, 하나의 팀이 되는 게 가능할까요.”

최치우는 대형 모니터를 바라보며 눈살을 찌푸렸다.

대표실 벽면에 걸린 모니터 화면 위로 다양한 국적의 얼굴이 스쳐 지나갔다.

백인, 흑인, 황인 등 인종을 가리지 않는 이력서를 받은 이유는 명확했다.

헤라클래스의 팀원을 뽑기 위해서였다.

최치우의 옆자리에는 리키와 이시환이 앉아 있었다.

특히 모니터를 쳐다보는 리키의 얼굴 표정이 전에 없이 진지해 보였다.

자신이 직접 이끌어야 할 전투부대원을 뽑는 일이다.

일반 직장인이 아닌, 총탄이 터지는 현장에서 자신의 생명을 맡겨야 할 파트너들을 선발해야 한다.

늘 장난스러운 리키도 진지해질 수밖에 없었다.

“어때요. 만만한 일이 아니겠죠?”

최치우가 리키를 쳐다보며 한 번 더 물었다.

사실 리키는 파이트 클럽에서 최치우에게 패배한 후 처음으로 벽을 느꼈다.

그 전까지 비공식 한국 최강자로 적수가 없는 삶에 싫증을 내던 처지였다.

그러나 최치우 덕분에 또 다른 하늘이 있음을 알게 됐고, 금강나한권 초식을 전수받으며 제자이자 동료로 거듭났다.

그런 리키에게 최치우가 완전히 새로운 미션을 준 것이다.

아프리카에서 외인부대를 만들어라.

남자라면 듣기만 해도 심장이 뛰는 목표이다.

특히 리키처럼 몸뚱어리 하나만 믿고 강함을 증명하며 살아온 남자에게는 피할 수 없는 유혹이었다.

피가 튀는 파이트 클럽도 게릴라 반군들이 즐비한 아프리카의 전장에 비하면 시시할 따름이다.

"오케이! 멋진 팀 만들 겁니다, 사부."

올림푸스에서 일한 뒤 리키의 한국어 발음도 조금씩 나아지고 있었다.

그는 각오를 다지며 고개를 끄덕였다.

최치우는 미소를 머금은 채 말을 이었다.

"프랑스 외인부대나 영국 특수부대 출신들이 아프리카에 많이 들어와 있더군요. CIA에서도 은퇴하고 노후 돈벌이로 아프리카에 무장 단체, 또는 경호 단체를 세우는 게 유행이었고. 그렇게 쟁쟁한 곳을 모조리 제치고 헤라클래스가 아프리카 최고의 무장 단체가 되어야 합니다."

"내 평생 처음으로 2등을 한 게 사부 때문, 이제 우리는 한 팀. 그럼 다시 2등할 일은 없어요. 네버 에버!"

리키의 말에서 강한 자신감이 묻어났다.

그는 항상 웃는 얼굴로 농담 따먹기나 하지만, 최치우가 아니면 누구에게도 고개를 숙이지 않을 남자였다.

최치우 역시 내공도 없으면서 금강나한권 초식을 습득한 리키를 신뢰했다.

"이시환 팀장님, 아니, 본부장님. 리키와 헤라클래스가 자리 잡을 수 있도록 현장에서 실무 지원을 완벽하게 부탁합니다."

"최선을 다하겠습니다, 대표님."

공식 직함이 팀장에서 아프리카 법인 본부장으로 바뀐 이시환은 의욕이 넘쳤다.

이십 대 중후반의 나이로 일생일대의 기회를 잡은 것이다.

물론 험한 타지에서 고생길이 훤히 열렸다.

어쩌면 목숨이 위험한 사건도 터질지 모른다.

하지만 이시환은 도전을 피하는 스타일이 아니었다.

아프리카에서 올림푸스가 자리 잡는 데 일조해 세계적인 영향력을 행사하는 인물로 성장할 마음을 먹었다.

지금까지는 최치우와의 인연 덕을 봤다면 남아공에서는 스스로의 힘으로 능력을 증명해야 한다.

리키에게도, 이시환에게도 진정한 시험 무대가 열린 셈이다.

"이틀 주겠습니다. 주말까지 리키와 이시환 본부장이 협의해서 헤라클래스로 선발할 인원을 추리세요. 최종 결정은 나와 함께하죠."

"예 써, 사부!"

"네, 대표님."

두 사람이 우렁차게 대답하고 대표실 밖으로 나갔다.

그러나 최치우는 절대 쉬운 일이 아니라는 걸 잘 알고 있었다.

자기 목숨을 돈에 파는 용병들은 이 세상에서 가장 거친 남자다.

특수부대 출신 용병들을 하나의 팀으로 만드는 것.

그저 돈을 많이 준다고 가능한 일은 아니다.

최치우는 오합지졸 헌터들을 모아 세력을 만든 경험이 있다.

그렇기에 확실한 방법을 알았다.

함께 사선을 넘나든 경험, 다시 목숨을 걸 수 있는 충분한 보상, 그리고 돈이 아닌 꿈을 위해 싸운다는 믿음.

이 세 가지 요소가 충족되면 오합지졸 용병들도 하나의 팀으로 뭉칠 수 있었다.

헤라클래스가 어떤 모습의 무장 단체로 태어나 아프리카를 호령하게 될지 최치우는 기대감을 금치 못했다.

이전 차원에서 배운 노하우를 아낌없이 쏟아부을 것이다.

열사의 사막을 가로지르며 전설을 써 내려갈 외인부대 헤라클래스.

그 씨앗은 놀랍게도 여의도의 사무실에서 뿌려지고 있었다.

* * *

찬바람이 불었다.

겨울이 온 것이다.

최치우는 한국 나이로 23살을 바라보게 됐다.

새해가 밝지 않았으니 아직은 22살이다.

하지만 그가 1년 동안 거둔 성과는 도통 나이와 어울리지 않았다.

프로메테우스의 개발로 떼돈을 벌며 기업 가치를 폭증시켰고, 전 세계 거물들이 줄지어 P—1을 구입하길 희망하면서 영향력도 강해졌다.

뿐만 아니라 P—2를 개발해 남아공의 난민 수용소를 제원하며 국제적 위상을 공고히 다졌다.

올림푸스와 한국 정부, 그리고 몇 개의 기업이 주축이 되어 난민 수용소의 식수 오염 문제를 해결하기 위해 발 벗고 나서 세계적인 찬사를 받았다.

그러한 관계 덕분에 올림푸스는 남아공의 광산 개발권을 따냈고, 최고조로 관심이 집중되었을 무렵 기업 공개와 상장을 결정했다.

그리고 드디어 오늘 올림푸스의 이름이 뉴욕 증시에 올라섰다.

기업 공개 절차를 거친 올림푸스의 주식이 하루 만에 얼마나 오를지, 냉정한 투자의 세계에서 얼마만큼 인정을 받을지 초유의 관심사였다.

한국뿐 아니라 미국, 중국을 비롯한 주요국의 뉴스에서 비중 있게 다뤄질 정도였다.

상장이 되는 날, 창업주와 임원들은 성대한 파티를 연다.

전체 직원이 모두 모여 샴페인을 터뜨리며 상장을 축하하는 경우도 있다.

그만큼 상장은 아무 기업이나 도달할 수 있는 목표가 아니기 때문이다.

특히 작은 규모로 시작한 스타트업이 뉴욕 증시에 올랐다는 건 대박이 났다는 뜻이다.

공식적으로 떼돈을 번 거부가 되는 날인데 파티를 안 여는 게 이상한 일인지도 모른다.

올림푸스처럼 최소 1조 원 이상의 시가총액이 확실시되는 회사라면 크루즈 요트를 빌려서 파티를 열어도 된다.

그러나 최치우는 남들과 다른 선택을 했다.

그는 전화기를 끄고 누구의 연락도 받지 않았다.

여의도에 마련한 펜트하우스 대신 어머니께 드린 서대문의 아파트로 향했다.

오랜만에 어머니가 차려준 집밥을 먹고 항상 깨끗하게 비워져 있는 자신 방에서 혼자만의 시간을 가졌다.

누구라도 들뜰 수밖에 없는 날이지만, 가장 소박하고 차분한 하루를 보내는 것이다.

믿을 만한 정보에 의하면 올림푸스의 시가총액은 3조 원 근처로 형성될 전망이었다.

30억 달러라는 돈은 보통 사람이 상상조차 하기 힘든 천문학적 금액이다.

자금 확보를 위해 보유 주식을 줄였지만, 그래도 최치우는 50% 이상의 지분을 갖고 있었다.

그는 오늘을 기점으로 1조 원 이상의 자산을 가진 세계적인 갑부가 된 것이다.

평생 열심히 일해도 10억을 모으기 힘든 세상이다.

그런데 1조가 넘는 돈을 갖게 되면 어떤 기분이 들까.

더 이상 치열하게 도전할 동기를 잃고 주어진 돈을 펑펑 쓰며 남은 평생을 살아도 된다.

어쩌면 그렇게 바뀌는 것이 지극히 정상적인 반응일지도 모른다.

하지만 최치우는 화려한 파티장이 아닌 어머니의 아파트 작은방에서 생각에 잠겨 있었다.

'페이스북의 시가총액이 5,000억 달러, 우리 돈으로 500조. 그러고도 세계 6위라고 했지.'

최치우는 자신이 거둔 기념비적 성공에 도취되지 않았다.

그는 오히려 더 높은 하늘을 올려다보고 있었다.

듣기로 에릭 한센이 보유한 기업의 지분과 자산을 모두 합치면 대략 100조 원이 넘는다고 했다.

3조 원이라는 시가총액, 1조 원이라는 자산으로는 명함도 내밀기 힘들다.

언제나 하늘 위에는 또 다른 하늘이 있다.

최치우는 보통 사람이라면 가장 기뻐해야 마땅한 성공의 순간, 천외천을 그리며 정신을 가다듬었다.

이제 비로소 천외천과 진검 승부를 펼칠 수 있는 단계까지 올라왔다.

치우의 영혼은 언제나 바닥에서 환생했지만, 차원의 정점을 찍지 못하면 직성이 안 풀리는 본능을 갖고 있었다.

그의 본능은 현대사회에 맞춰진 형태로 점점 더 정교하게 각성하는 중이다.

올림푸스의 진격은 뉴욕 증시에 성공적으로 상장을 마치고 아프리카로 진출하는 지금부터 시작인 것 같았다.

7장
대한민국 남자

새해가 밝았다.

12월 31일이 되면 많은 사람들이 종로 보신각에 모여 타종 행사를 즐긴다.

그보다 더 많은 숫자는 전국 각지에서 해돋이를 보기 위해 바닷가로 달려간다.

지난해가 가고 새로운 해가 온다는 것은 그만큼 의미 있는 일이었다.

상장이라는 거대한 벽을 순조롭게 넘은 최치우는 올림푸스 식구들과 함께 새해 기념 MT를 왔다.

남해안에 위치한 최고급 리조트의 풀빌라 건물 여러 채를 통째로 빌린 것이다.

남해안 풀빌라에서는 차가운 한겨울 날씨에도 아랑곳하지 않고 실내 온수 수영을 즐기며 최고의 절경을 감상할 수 있었다.

조금씩 늘어나 70명이 된 올림푸스 직원을 모두 데려와 2박을 하는 데 들어간 비용만 1억 원이다.

그렇지만 조금도 아깝지 않았다.

올림푸스의 주가는 상장 이후 시가총액 30억 달러 선을 꾸준히 유지하고 있었다.

게다가 곧 P—1의 2차 물량 판매도 시작된다.

이러한 성공 뒤에는 올림푸스를 자기 회사처럼 여기며 열정을 불태운 직원들의 노력이 있었다.

최치우는 혼자 잘나서 단기간에 올림푸스를 글로벌 기업으로 키웠다고 생각하지 않았다.

과거 다른 차원이었다면 달랐을 것이다.

하지만 현대에서 그는 운명을 함께하는 동료의 소중함을 깨달았다.

직원들이 올림푸스에 인생을 걸면 그는 반드시 직원들의 인생을 풍요롭게 만들어주겠다고 다짐했다.

이틀의 신년회 MT는 아주 약소한 보답에 불과했다.

최치우는 새해로 넘어가는 자정, 배불리 바비큐를 먹고 기분 좋게 취한 전 직원 앞에서 깜짝 발표를 했다.

"올림푸스 남아공 법인이 출범하기 전, 한국에서 먼저 고생한 여러분께는 스톡옵션을 드리겠습니다."

뉴욕 증시를 뜨겁게 달군 올림푸스의 주식을 직원들에게 나눠 주겠다는 뜻이다.

일시적인 보너스보다 훨씬 더 강렬하고 의미 있는 나눔이었다.

올림푸스가 계속 승승장구해서 주가가 오를수록 직원들이 행사할 수 있는 스톡옵션의 가치도 올라간다.

최치우는 말이 아닌 행동으로 올림푸스가 운명공동체임을 드러낸 것이다.

당연히 직원들의 반응은 폭발적이었다.

"와아아—!"

"대표님, 새해 선물 감사합니다!"

"역시 우리 대표님 짱이에요!"

평소 직원들은 최치우를 조금 어려워했다.

나이는 어려도 워낙 입지전적인 커리어를 쌓으며 국제적인 유명 인사가 됐기 때문이다.

그런데 오늘은 적당히 술도 마셨고 분위기도 풀어졌다.

그래서인지 비교적 젊은 여직원들이 앞장서 환호성을 지르며 최치우의 이름을 연호했다.

70명이 한자리에 모이고도 남을 정도로 넓은 거실이 함성과 웃음소리로 가득 찼다.

최치우는 무럭무럭 뿜어지는 밝은 에너지를 잠시 만끽했다.

누군가를 기쁘게 하고 그들이 만들어낸 긍정적인 감정을 느끼는 건 즐거운 일이었다.

남을 괴롭혀서 울리는 것보다 백배 천배 더 어려운 일이기도 했다.

"그리고……."

최치우가 손을 들었다.

그의 손짓을 본 직원들이 거짓말처럼 소리를 죽였다.

아무리 마음껏 풀어졌다고 해도 대표의 권위가 칼같이 살아 있는 것이다.

최치우는 리더십을 세우기 위해 억지로 수를 쓰지 않았다.

다만 압도적인 능력으로 스스로를 증명하고 넘치는 보상을 함께 나눌 뿐이다.

가장 어렵지만 가장 정도에 가까운 방법으로 권위를 쌓은 그는 올림푸스의 절대자였다.

"한국 본사에서 아프리카 법인으로 지원하는 직원에게는 두 배의 스톡옵션을 드릴 겁니다. 어려운 길이겠지만, 도전하는 사람들에게 더 큰 기회가 열린다는 걸 명심했으면 좋겠습니다."

최치우는 아프리카 법인 설립을 가시화했다.

이시환이 본부장으로 내정됐다는 사실은 이미 널리 알려졌다.

이시환과 리키, 그리고 임동혁 등은 국제적인 인재들을 스카우트하며 법인 설립에 속도를 내고 있다.

하지만 한국 본사에서 올림푸스의 문화를 경험한 직원들이 합류한다면 더 큰 힘이 될 것이다.

최치우는 강요 대신 선택의 기회를 열어줬다.

직원들은 사뭇 진지해진 표정으로 최치우의 이야기를 되뇌고 있었다.

다들 최치우의 스타일을 어느 정도는 알고 있었다.

위험을 무릅쓰고 아프리카 법인으로 자원한다면 최치우는 무조건 그 직원에게 엄청난 혜택과 기회를 줄 것이다.

20대 중후반에 불과한 이시환을 본부장으로 발탁한 것만 봐도 알 수 있었다.

하이 리스크, 하이 리턴.

누구보다 이 원칙에 충실한 회사가 바로 올림푸스였다.

몇몇 직원은 도전 의식을 느끼는 듯 눈동자에 힘이 들어갔다.

아마 며칠 내로 대표 면담을 신청할지 모른다.

최치우는 미소를 지으며 화제를 돌렸다.

"지난 1년 우리는 세상을 놀라게 만들었습니다. 하지만 앞으로 1년 동안 더 많은 일을 해낼 겁니다. 올림푸스는 현실에 안주하는 회사가 아닙니다. 이곳에 몸담고 있는 한 매일이 도전이고 위기일 겁니다. 그러나 한 가지 약속하겠습니다. 가장 위험한 곳에 제가 먼저 서 있겠습니다. 가장 힘든 도전을 제가 먼저 하겠습니다."

그냥 하는 말이 아니었다.

최치우는 올림푸스를 세우고 지난 2년 가까이 삶으로 자신의 말을 증명해 왔다.

그렇기에 똑같은 말을 해도 사람들의 가슴을 울릴 수 있었다.

"식상하지만 새해 기념으로 함께 건배하죠. 올림푸스를 위하여!"

"위하여—!"

현재를 즐기는 건 어렵지 않은 일이다.

누구에게든 한 번의 기회와 한 번의 성공은 허락되니까.

그러나 성공의 기쁨이 절정에 이른 순간, 내일의 도전을 준비하는 사람은 흔하지 않다.

그들이 바로 세계를, 미래를 바꾸는 법이다.

최치우는 올림푸스 주식이 상장될 때 어머니의 집밥을 먹고 혼자만의 시간을 보낸 것처럼 신년회에서도 다시 위험한 도전을 이야기했다.

멈추지 않고 도전에 뛰어드는 최치우의 DNA가 올림푸스 직원들에게 완전히 이식된다면 세상 그 누구도 이들을 막지 못할 것이다.

*　　　*　　　*

헤라클래스의 진용이 갖춰지고 있었다.

리키는 남아공 현지로 날아가 직접 테스트를 진행했다.

산전수전 다 겪은 특수부대 출신의 용병들이지만, 리키는 그들을 휘어잡고도 남을 사람이다.

최치우를 제외하면 맨몸 격투로 리키를 이길 수 있는 사람은 전 세계에 거의 없을 것이다.

그는 타고난 신체 능력과 운동 센스의 소유자였고, 금강나한권 초식을 배우며 육체에 대한 깨달음도 얻었다.

덕분에 총기를 다루는 기술도 하루가 무섭게 스펀지처럼 흡수했다.

리키는 태생적으로 강한 상대와 부딪치는 걸 좋아하고 두려움을 거의 느끼지 않았다.

거기에 무(武)에 있어서는 최고의 자질을 가졌으니 리키 말고 다른 사람을 헤라클래스 리더로 생각하기 어려웠다.

최치우는 남아공으로 날아간 리키가 공포의 외인부대를 만들 거라 믿었다.

물론 최종 결재는 최치우가 해야 한다.

그렇지만 리키가 고른 부대원들은 웬만하면 다 인정해 줄 계획이다.

상장 작업이 무사히 끝난 덕분에 헤라클래스 멤버가 될 용병들에게 두둑한 연봉도 보장해 줄 수 있었다.

그런데 헤라클래스만 사람을 뽑고 있는 건 아니었다.

임동혁은 나름대로 광산 개발 경험이 있는 국내외 인재들을 모으고 있었다.

아프리카 진출의 양대 축은 남아공 광산 개발과 헤라클래스 창설이다.

임동혁과 리키의 주도 아래 양 날개가 멋지게 다듬어지고 있는 중이다.

반면 이제 23살이 된 최치우에게는 아주 중요한 과제가 따로 남아 있었다.

대한민국 남자라면 누구도 피할 수 없는 군대 문제였다.

그는 부정한 방법으로 병역을 기피할 생각은 추호도 없었다.

차원을 넘나들며 목숨을 걸어본 경험을 숱하게 쌓은 최치우가 병역을 겁낼 리 없었다.

다만 올림푸스가 세계로 날개를 펼치려는 이때, 어떤 식으로 병역의 의무를 감당하는 게 좋을지 고민이 되는 건 사실이었다.

사실 합법적이면서 무척 손쉬운 방법이 있었다.

아시안게임에서 금메달을 따거나 올림픽에서 동메달을 따면 된다.

보통 사람에게는 말도 안 되는 헛소리지만, 최치우는 마음만 먹으면 누워서 떡 먹기다.

100미터 달리기의 경우 최치우가 내공을 발휘해 경공을 쓰면 세계신기록은 경신하고도 남는다.

마의 벽인 8초를 넘는 건 물론이고, 전력을 다할 경우 100미터는 3초면 주파할 수 있을 것 같았다.

적당히 속도만 조절해도 아시안게임 금메달이나 올림픽 동메달은 우스웠다.

실제로 최치우는 운동을 통해 합법적으로 병역 특례 혜택을 받는 방법을 고민하고 있었다.

과도한 주목을 받겠지만, 올림푸스의 대표로서 압도적인 브랜드 파워를 갖게 되는 과정으로 생각하면 나쁠 것도 없었다.

그가 결심을 굳히면 사람들은 역사상 전무후무한 문무겸비(文武兼備)형 캐릭터를 보게 될지 모른다.

"뭔가 의미가 있었으면 좋겠는데……. 나 하나 특혜를 보고 끝나는 게 아니라 보다 많은 기여를 할 수 있는 방법이 없을까?"

만약 누가 언제든 금메달을 딸 수 있는 능력을 가졌다면 최치우처럼 깊은 고민을 하지 않을 것이다.

그냥 금메달을 따고 인기와 특혜를 누리면 그만이다.

그러나 최치우는 7번의 환생을 거치며 얻은 초인적인 능력을 떳떳하게 사용하고 싶었다.

이왕이면 자신만 메달을 따는 게 아니라 한국 체육계에 도움을 주려는 것이다.

그래야만 국위선양이라는 낯간지러운 단어 앞에서 당당할 수 있을 것 같았다.

"확실히 신기한 차원이야. 별 고민을 다 하게 되는군."

현대의 지구에서 병역 의무가 살아 있는 대한민국 국민으로 환생했기 때문에 피할 수 없는 고민이다.

물론 최치우는 이마저도 즐기고 있었다.

다른 차원에서는 죽이지 못하면 죽는 적자생존의 삶이 강제됐다.

그렇기에 병역 문제 같은 걸 고민할 필요도 없었다.

무조건 죽기 아니면 살기로 때로는 몬스터와, 때로는 다른 나라의 병사들과 싸워야 했기 때문이다.

반면 현대사회는 복잡하게 고도화됐기에 처음으로 이런 고민도 해보게 됐다.

"어떤 종목을 선택할지, 어떻게 의미를 남길지… 거기서부터 다시 생각해 보자."

최치우는 혼잣말을 계속하며 머릿속을 정리했다.

아프리카 진출에 대한 생각만으로도 머리가 꽉 차 있었지만, 마냥 피할 수 없는 문제였다.

그의 선택에 따라 올림픽이나 아시안게임의 역사가 바뀔지 모른다.

아직은 아무도 모르지만, 최치우는 태풍을 일으킬 나비효과를 구상하고 있었다.

* * *

"대표님, 진짜 바쁜 시간에 이러고 있어도 되는 겁니까?"

임동혁이 불만 가득한 얼굴로 말했다.

그가 최치우에게 툴툴거리는 건 꽤 오랜만이다.

하지만 상황을 놓고 보면 십중팔구 임동혁 편을 들어줄 것이다.

둘은 아무도 없는 넓은 운동장에 서 있었다.

최치우가 운동장 하나를 통째로 빌린 것이다.

그러고는 100미터 달리기를 하는 임시 트랙 출발점에 섰다.

임동혁은 도착지에 서서 스마트폰을 들고 있었다.

최치우가 임동혁에게 달리기 기록을 재라고 시켰기 때문이다.

평소 최치우의 말이라면 껌뻑 죽는 임동혁이지만, 오늘은 내키지 않는 모습이다.

요즘 그는 남아공에 투입할 광산 개발팀을 만드느라 눈코 뜰 새 없이 바빴다.

그런데 갑자기 불러 나와 달리기 기록을 재라니 황당할 수밖에 없었다.

그러나 최치우는 장난기 하나 없이 진지한 표정이었다.

“간단히 조사를 해봤습니다. 인종의 한계로 인해 동양인이 절대로 백인과 흑인들을 이길 수 없는 종목이 육상이라더군요. 특히 단거리 달리기는 인종의 차이를 증명하는 것이라고……. 그래서 이참에 편견을 깨보려 합니다. 누구 하나라도 편견을 부수면 훗날 역사는 인종의 한계 따위를 함부로 거론하지 못하겠죠.”

언뜻 알아듣기 어려운 말이었다.

임동혁도 100미터 저편에서 최치우의 목소리를 들으며 고개를 갸웃거렸다.

하지만 최치우는 결단을 내렸다.

이왕 운동으로 병역 특혜를 받을 거라면 동양인은 육체 능력으로 서양인을 이길 수 없다는 뿌리 깊은 편견을 깨뜨리기로.

이것도 변방의 바람으로 세계를 뒤덮는 일에 포함될 수 있었다.

그로 인해 한국에서 육상 붐이 일어나 유망주들이 혜택을 본다면 나름 커다란 기여를 하는 셈이다.

"자, 갑니다."

최치우가 눈을 빛내며 말했다.

임동혁은 저도 모르게 스마트폰으로 시간을 잴 준비를 하고 있었다.

쐐애애액─!

사람의 몸이 아닌 화살이 쏘아진 것 같았다.

쏜살같다는 말이 무슨 뜻인지 비로소 이해할 수 있었다.

임동혁은 그림자가 코끝을 스친 다음에야 겨우 스마트폰 버튼을 눌렀다.

"6초 32……?"

눈으로 보고도 믿을 수 없었다.

최치우가 100미터를 지나치고 잠시 뒤 버튼을 눌렀는데 스톱워치에는 6초 32이라는 숫자가 떠 있었다.

인간의 한계는 9초다.

그나마 9초대의 기록도 세계 최고의 선수들이 컨디션이 좋은 날 가까스로 만들어낸 것이다.

그 누구도 9초의 벽은 깰 수 없을 것 같았다.

아시아 최고 기록은 10초대에 불과하다.

육상계에서도 동양인은 10초의 벽을 넘을 수 없다고 공공연히 말하고 있었다.

그런데 6초 32는 뭐란 말인가.

임동혁은 김도현 교수와 더불어 최치우의 진면목을 가장 많이 알고 있는 사람이다.

그럼에도 불구하고 놀란 마음을 진정시키기 어려웠다.

"6초? 또 실수를 했군. 다시 잽시다, 이사님."

최치우는 대수롭지 않다는 듯 출발점으로 돌아갔다.

여유롭게 걸어가는 모습이 평소와 다를 바 없었다.

6초 32의 기록으로 100미터를 주파하고도 숨을 헐떡거리지 않는 것이다.

"다, 다시 뛴다는 말입니까?"

"뭔가 잘못된 거 같아서요."

최치우의 말을 들은 임동혁은 안도한 듯 고개를 끄덕였다.

스마트폰 시계가 순간적으로 오류를 일으킨 것 같았다.

사람이 100미터를 6초대에 주파할 수는 없는 법이다.

그래서 최치우도 잘못된 것을 느끼고 다시 시간을 재려는 게 분명했다.

임동혁은 정신을 바짝 차리고 스톱워치를 초기화시켰다.

그사이 출발점에 다다른 최치우는 가볍게 몸을 풀고 있었다.

'자연스레 발현되는 내공을 억제하고 단련된 육체의 힘만으로 달린다. 내가 생각하는 것보다 한 호흡 더 느리게 뛰면 되겠어.'

설상가상으로 그는 천천히 뛸 생각을 하고 있었다.

내공을 쓰지 않아도 금강나한권을 수련한 몸은 인간의 한계를 초월했다.

"시작합니다."

최치우가 임동혁에게 신호를 줬다.

곧이어 그의 발이 땅을 거세게 박찼다.

파바박!

땅을 박차며 달리는 최치우의 모습은 육상 선수의 그것과는 전혀 달랐다.

철저하게 훈련을 받은 육상 선수와 다르게 순수한 육체의 힘으로 몸을 밀어내는 것이기에 그들과 폼이 다를 수밖에 없었다.

하지만 속도는 여전히 무시무시했다.

삑—

임동혁이 타이밍을 맞춰 버튼을 눌렀다.

그의 시선은 화면에 떠오른 숫자를 좇고 있었다.

"9초 98……."

"딱 좋군요. 이 정도면 올림픽에서 메달은 충분히 따겠죠? 동양인 최초로."

최치우는 기록이 마음에 든 듯 미소를 지었다.

종전보다 3초가량 더 늦게 달리기 위해 열심히 노력했다.

물론 임동혁은 여전히 혼란스러웠다.

육상 선수도 아닌 사람이 어떻게 10초의 벽을 넘었는지 이해할 수 없었다.

그는 최치우가 파이트 클럽에서 리키를 쓰러뜨린 비공식 한국 최강이라는 사실을 잘 알고 있었다.

그렇지만 육상은 또 다른 분야이다.

최강의 싸움꾼이 S대 학부생 시절 독도 개발 프로젝트를 이끌고, 올림푸스라는 시가총액 30억 달러 글로벌 기업을 설립한 걸로도 모자라 100미터 달리기 신기록을 세운다.

영화 주인공도 이렇게 만들면 사기라고 욕을 먹을 것 같았다.

그런데 하나같이 자신의 눈으로 봤으니 귀신이 곡할 노릇이다.

마음을 다소 가라앉힌 임동혁이 최치우를 바라보며 입을 열었다.

"최 대표님이 상식으로 이해할 수 없는 사람이라는 건 익히 알고 있었지만, 달리기까지 이렇게 잘할 줄은 몰랐습니다."

"이걸로 고민 하나는 해결됐습니다."

"무슨 고민입니까? 갑자기 사람 불러서 달리기 보여주는 거랑 관련 있는 고민이 대체……."

"아까 말했잖아요. 동양인에 대한 편견을 깨고 100미터 달리기로 올림픽 메달을 따겠다고."

"갑자기 올림픽에는 왜 꽂힌 겁니까? 그럴 거면 차라리 UFC 챔피언이 되는 게 어떻습니까? 파이트 클럽에서 보니 최 대표님을 이길 사람이 없을 것 같습니다만."

임동혁은 살짝 빈정상한 말투였다.

최치우가 자신을 불러 기이한 능력을 보여주며 장난을 치는 것처럼 느껴졌기 때문이다.

"몰랐습니까? 군대 때문인데."

"군대? 아!"

임동혁은 그제야 최치우의 의도를 알아차렸다.

동시에 방금 전까지 툴툴거린 게 부끄러워졌다.

"임 이사님, 생각보다 눈치가 많이 없으시군요. 실망입니다."

최치우는 기회를 놓치지 않고 임동혁을 놀렸다.

임동혁은 살짝 붉어진 얼굴로 화제를 바꿨다.

"또 난리가 나겠습니다. 올림푸스의 대표가 육상 국가 대표가 되면. 내가 겪고 있는 상황이지만, 정말 말이 안 되는 거 아닙니까?"

"내가 말이 되는 일만 하는 사람이라면 지금의 올림푸스는 없겠죠."

"하긴… 이렇게 한마디도 안 지는 것도 말이 안 됩니다. 그래서 다음 올림픽에 출전할 겁니까? 진짜로?"

"아직 시간이 조금 남았으니 그 전에 청와대 통해서 육상 국가 대표 감독을 먼저 만나볼 생각입니다."

최치우는 아무렇지도 않게 청와대를 언급했다.

그가 연락하면 청와대 문은 언제든 열린다.

23살의 최치우는 처음 환생했을 때와 비교하면 그야말로 레벨이 다른 사람이 돼 있었다.

"내가 메달을 따면 동양인에 대한 편견도 깨지겠지만, 우리

나라 육상계와 유망주들이 조금 더 편한 환경에서 운동할 수 있도록 도움을 줄 생각입니다. 관심이 모이면 돈도 돌게 돼 있으니까."

김연아의 등장으로 피겨계가 살아나며 유망주들이 줄을 이었고, 박지성은 한국 유소년 축구의 풍토 자체를 바꿔놓았다.

마찬가지로 최치우의 깜짝 등장은 척박한 비인기 종목인 육상에 가뭄의 단비가 될 것이다.

당장은 아니지만 최치우는 대한민국 남자로서 거쳐야 할 과정을 누구보다 화려하게 통과할 것 같았다.

그와 함께하는 임동혁은 아드레날린이 마를 날이 없었다.

*　　　*　　　*

최치우는 유영조 대통령의 비공식적인 초청을 받았다.

원래 최치우와 청와대 사이에는 별도의 핫라인이 존재하고 있었다.

정권 실세인 외교안보특보 홍석진의 비서가 핫라인 역할을 수행했다.

최치우는 늘 그렇듯 홍석진의 비서에게 메시지를 보냈다.

그는 아마 문화체육관광부의 고위직을 만나게 될 거라고 예상했다.

그런데 대뜸 홍석진이 직접 전화를 걸어왔고, 대통령이 은밀하게 최치우를 만나려 한다는 말을 들었다.

최치우로선 사양할 이유가 없는 일이었다.

공식적으로 정치권과 너무 가깝게 지내는 모습을 보여주는 건 위험했다.

괜히 정치적 시비에 휘말릴 수 있고, 이미지에 금이 갈 여지도 충분하기 때문이다.

그러나 비공식 만남이면 큰 부담이 없었다.

만남 자체가 공개되지 않으니 가벼운 마음으로 움직이면 되는 것이다.

최치우가 육상 국가 대표 감독을 소개받길 원한다는 사실은 이미 전해졌다.

그 정도쯤은 대통령이나 홍석진 특보가 나설 필요도 없는 일이었다.

그렇기에 최치우의 부탁은 해결된 것이나 다름없었다.

대통령에게는 다른 용무가 있을 것이다.

그게 아니면 1분 1초를 쪼개서 쓰는 바쁜 대통령이 굳이 최치우를 은밀히 청와대로 부를 리 없었다.

"여기서 잠시만 기다려 주십시오."

최치우는 절차를 거쳐 청와대 안뜰에 다다랐다.

비공식 방문이기에 검문과 보안 절차도 그리 까다롭지 않았다.

오늘 최치우가 대통령을 만난 사실 자체가 기록에 남아서는 안 된다.

그래서 청와대에 근무하는 직원 중 최소한의 인원만 그의 얼굴을 볼 수 있었다.

"하늘 참 좋구나."

최치우는 잘 꾸며진 청와대 안뜰과 푸른 하늘을 바라보며 미소 지었다.

3월이 되면서 겨울의 추위가 조금씩 가시고 있었다.

특히 오늘은 봄기운이 물씬 피어나는 날씨로 안뜰에 앉아 있으니 무척 상쾌한 기분이 들었다.

외부에 공개되지 않는 청와대 안뜰이라 더욱 특별한 느낌을 받게 되는지도 모른다.

곧이어 다른 직원이 따뜻한 차를 내왔다.

방금 우려낸 듯 깊은 향기가 코끝을 간지럽혔다.

"최 대표님."

최치우가 찻잔을 들어 한 모금 마시려는 찰나, 중후한 목소리가 울렸다.

고개를 돌린 최치우는 익숙한 얼굴을 볼 수 있었다.

온화한 인상의 유영조 대통령이 경호원도 대동하지 않은 채 성큼성큼 걸어왔다.

"오랜만에 다시 뵙습니다."

"허허, 나는 최 대표님 얼굴을 TV에서 워낙 자주 봐서 오랜만 같지가 않네요."

유영조 대통령이 악수를 청하며 덕담을 했다.

그냥 하는 말이 아니었다.

최치우는 대통령 못지않게 TV 뉴스를 자주 장식하는 인물이다.

프로메테우스 개발과 남아공 지원 및 광산 획득, 그리고 뉴욕 증시 상장 등 굵직한 글로벌 뉴스를 1년에 몇 차례나 만들었는지 일일이 거론하기도 힘들다.

"어떻게 만날 때마다 매번 괄목상대할 수가 있는지, 최 대표님을 보면 참 신기해요. 우리 청와대 수석들도 최 대표님 이야기를 얼마나 자주 하는지 모릅니다."

유영조 대통령이 맞은편 자리에 앉으며 말했다.

그의 말은 한 치의 과장도 없는 사실이었다.

최치우는 독도 해저 자원 개발로 훈장을 받으며 유영조 대통령을 처음 만났다.

그때는 전도유망한 대학생에 불과했다.

두 번째 만남은 외부의 안가에서 이뤄졌고, 홍석진 특보도 배석했다.

당시에도 펜타곤과 기술 제휴를 맺은 루키였지만, 지금의 위상과는 비교하기 힘들다.

시가총액 3조 원이 넘는 글로벌 기업의 오너.

실제 지분을 50% 이상 가진 자산가.

아프리카라는 새로운 시장의 가능성을 대한민국에게 활짝 열어준 장본인.

최치우는 사실상 재벌 총수와 어깨를 나란히 하는 위치에 올라섰다.

회사와 자산의 규모는 국내 굴지의 대기업 오너들보다 적을

지 몰라도 전 세계에 미치는 영향력은 그들을 능가했다.

그렇기에 최치우와 세 번째 만난 유영조 대통령이 놀라는 것도 무리가 아니었다.

21세기 이후 대한민국에는 자수성가한 부자들이 사라지고 있었다.

재벌과 대기업 역시 대부분 상속을 받은 2세, 3세들이다.

그런데 모처럼 바닥에서부터 자수성가해서 글로벌 기업을 키운 사람이 나타난 것이다.

그것도 아주 젊은, 아니, 어린 최치우가 당사자이니 대통령이 각별히 여기는 것도 어쩌면 당연한 일이었다.

"아직 많이 부족합니다. 이제 시작이니까요."

최치우는 대통령의 칭찬에 만족하지 않았다.

그는 솔직한 심정을 토로했다.

여전히 갈 길이 멀다는, 올림푸스는 막 첫걸음을 뗐다는 포부를 밝혔다.

유영조 대통령은 그럴 줄 알았다는 듯 인자하게 웃으며 찻잔을 들었다.

"보자마자 반가워서 말이 너무 길었네요. 향이 좋은 차를 내왔으니 천천히 들어요."

"감사합니다."

최치우는 마시려다 말고 내려놓은 찻잔을 다시 잡았다.

그윽한 향이 코끝을 타고 단전까지 내려갔다.

무림에서 천하제일검으로 살아갈 때 그는 이따금 최상품의 용정차를 즐겼다.

청와대에서 대통령이 내준 차를 마시니 무당파 장문인과 차를 마시던 옛날 기억이 떠올랐다.

'그러고 보니 유 대통령… 무당파 장문인이던 태극도인과 풍기는 분위기가 비슷하긴 해.'

어느 차원을 가나 묘하게 닮은 사람들을 만나게 된다.

유영조 대통령은 무림의 태산북두이던 태극도인을 연상시켰다.

달그락—

그때 찻잔을 내려놓은 대통령이 먼저 질문을 던졌다.

"사실 오늘은 내가 묻고 싶은 것도 있고 또 최 대표님 이야기도 듣고 싶어 시간을 뺏게 되었어요. 먼저 육상 국가 대표 감독님을 소개해 달라는 이유부터 들어볼까요?"

이제부터 서로의 본론을 주고받을 차례이다.

최치우는 대통령의 눈을 똑바로 마주 보며 대답했다.

"이상하게 생각하실 수 있습니다만, 어차피 곧 알게 되실 테니 솔직하게 말씀드리겠습니다."

"허허, 그렇게 말하니 긴장이 되는군요."

"100미터 달리기 국가 대표가 되어 올림픽에 출전하고 싶습니다. 그래서 감독님을 소개받으려는 것입니다."

"……"

어지간해선 당황하지 않는 대통령이지만, 순간적으로 말을 잇지 못했다.

그만큼 상상을 초월하는 황당한 말을 들었기 때문이다.

"올림픽… 이란 말이지요?"

"네, 대통령님. 진지하게 드리는 말씀입니다."

최치우는 흔들림 없이 고개를 끄덕였다.

대한민국 남자로서 큰 산을 넘기 위해 거쳐야 할 과정이다.

그는 얼떨떨한 표정을 짓고 있는 대통령에게 결정타를 날렸다.

"실례가 안 된다면 이 자리에서 보여 드릴 수도 있습니다."

8장
네오메이슨

입증은 간단했다.

언제나 말이 아닌 행동으로 보여주는 게 가장 빠른 방법이다.

최치우는 청와대 안뜰에서 100미터를 대충 그었다.

그리고 외람되지만 대통령이 직접 폰으로 시간을 체크하게 했다.

결과는 똑같았다.

임동혁이 놀란 것처럼 유영조 대통령 역시 입을 다물지 못했다.

따지고 보면 임동혁보다 훨씬 더 놀랐을 것이다.

대통령은 최치우가 파이트 클럽에서 최강자로 이름을 남긴 사실을 모른다.

그렇기에 천재적인 사업가이자 탐험가인 최치우의 육체 능력이 국가 대표 이상으로 뛰어나다는 현실을 받아들이기 힘들었다.

그러나 숫자는 거짓말을 하지 않는다.

최치우는 대통령 앞에서 두 번이나 100미터를 뛰었고, 모두 9초대의 기록을 보여줬다.

몇 번의 연습을 통해 어느 정도로 달려야 9초대 기록이 나오는지 깨달은 것이다.

이쯤 되면 국가 대표가 문제가 아니었다.

아시아 신기록이 아닌 세계 신기록에 도전해도 될 만한 기록이다.

대통령은 잠깐 나간 넋을 다시 붙잡았다.

오래 정치를 하며 별 희한한 경우를 다 봤기에 보통 사람들과는 멘탈이 달랐다.

유영조 대통령은 바싹 마른 입술을 적시며 약속했다.

이로써 최치우는 목적을 달성했다.

귀찮은 절차를 패스하고 곧장 육상 국가 대표 감독에게 테스트를 받게 된 것이다.

일단 테스트만 받으면 뒷일은 걱정할 필요가 없었다.

굳이 태릉선수촌에 머물면서 훈련을 받지 않아도 된다.

어떤 환경에서든 9초대의 기록을 내는 건 식은 죽 먹기보다 쉽기 때문이다.

오히려 힘 조절을 잘못해서 8초대나 7초대 기록이 나오지 않게 조심해야 한다.

이대로, 최치우가 올림픽에 출전하게 되면 일석삼조다.

대한민국은 아시아 최초로 100미터 달리기 메달을 획득한 나라가 되고, 육상계는 뜨거운 관심과 스폰을 받으며 미래를 도모할 수 있게 된다.

최치우는 또 하나의 전설을 쓰며 2년이라는 시간을 다른 방식으로 사용할 것이다.

"내 눈으로 보고도 믿기 힘든 일이니… 허허. 아무튼 방금 말한 것처럼 문화부를 통해 연락이 가도록 조치해 놓겠어요."

"감사합니다."

"감사는 내가 해야지요. 이런 특별한 재능으로 사회에 기여할 방법까지 고민하다니 최 대표님의 그릇은 확실히 남다릅니다."

최치우는 메달 획득을 통해 육상계 전반에 좋은 영향을 끼칠 방안을 설명했다.

바로 그 점이 대통령의 마음에 꼭 든 모양이다.

하지만 최치우는 자기 자신을 위하는 의도가 가장 크다는 점을 부정하지 않았다.

"아닙니다. 저를 위한 일이라 칭찬받을 게 못 됩니다."

"그래도요. 어쨌든 최 대표님의 말을 듣고 생각지도 못한 최 대표님의 달리기까지 봤으니 이제 내 이야기를 해야겠네요."

대통령은 절반 정도 남은 찻잔을 비웠다.

애초에 최치우를 청와대로 부른 이유가 따로 있을 것이다.

최치우는 진지한 얼굴로 고개를 끄덕였다.

"사실 한 가지 부탁만 하려 했는데… 오늘 최 대표님을 보니 두 가지 이야기를 해야겠습니다. 먼저 첫째는 아프리카에 관한 것이지요."

첫 번째 안건은 어느 정도 예상한 틀을 벗어나지 않았다.

올림푸스는 남아공에서 무척 인기가 높아진 상태였다.

난민 수용소에 해독제인 P—2를 제공하고 깨끗한 식수를 공급하는 지원 사업을 통해 긍정적 이미지를 쌓았기 때문이다.

게다가 20개 광산 개발에 착수하게 되니 역대 어느 기업도 해내지 못한 성과를 아프리카에서 올린 셈이다.

유영조 대통령은 이를 계기로 한국 기업의 아프리카 진출을 장려하고 싶은 눈치였다.

2년이 지나면 절대 권력을 자랑하는 대통령도 퇴임해야 한다.

만약 정권 교체가 이뤄지면 유영조 대통령은 물론 그를 믿고 따르는 계파 역시 고난을 치르게 될 것이다.

그렇기에 집권하는 동안 최대한 많은 업적을 쌓을 필요가 있었다.

그런데 올림푸스가 알아서 아프리카 교류의 문을 활짝 열어주었다.

정부로서는 놓칠 수 없는 기회의 밥상이 차려진 것이다.

올림푸스가 조금만 협조를 해주면 다른 기업도 남아공과 아프리카 진출이 쉬워질 수 있었다.

최치우는 실무적인 부분에서 얼마든지 협조하기로 약속했다.

이미 남아공 정부와 우호적 관계를 맺은 그에게는 어려운 일이 아니었다.

결과적으로 큰 품을 들이지 않고 한국 정부와 대통령에게 빚을 지웠다.

대통령이 육상 국가 대표 감독을 소개해 주는 것과는 레벨이 다른 도움을 주게 됐다.

당장은 아니어도 언젠가 반드시 정부의 도움을 받으며 정산할 날이 올 것이다.

"올림푸스가 남아공에서 자리를 잡으면 올해가 가기 전 아프리카 교류전 등 한국 기업을 대상으로 다양한 행사를 주최해 보겠습니다."

"역시 젊은 사람 아이디어는 따라갈 수가 없다니까요. 그렇게만 된다면 우리 외교부와 기재부에서 지원을 아끼지 않겠습니다."

"아프리카라는 넓은 대륙은 특정 국가, 특정 기업이 절대 독점할 수 없습니다. 올림푸스의 영향력 확대를 위해서라도 한국의 좋은 기업들이 더 많이 진출하기를 바랍니다."

최치우의 똑 부러지는 말을 들은 유영조 대통령은 흐뭇한 미소를 지었다.

현재 아프리카에는 중국 자본이 대거 진출해 있다.

그들도 아프리카가 기회의 땅이라는 사실을 눈치챈 것이다.

하지만 아직은 시작 단계에 불과했다.

이 시점에 올림푸스가 치고 나가며 한국 기업들을 끌어준다면 전세는 역전될 수 있었다.

대통령과 짧게 몇 마디를 주고받았지만, 최치우는 한국 경제의 새로운 활로를 뚫어야 한다는 임무를 부여받은 건지도 모른다.

아프리카에 비즈니스 한류 열풍이 불면 선두 주자인 올림푸스의 입김은 더욱 강해질 것이다.

"허허허! 든든합니다, 든든해요."

"항상 최선을 다하겠습니다."

청와대 안뜰에서의 비밀스러운 만남은 최치우와 유영조 대통령 서로에게 굉장히 만족스러운 만남이 되고 있었다.

이제 한 가지 안건이 더 남았다.

대통령은 최치우를 직접 보자 뭔가 해줄 말이 더 생겼다고 했다.

그가 어떤 이야기를 이어서 꺼낼지 최치우도 예상하기 어려웠다.

"최 대표님, 혹시 말입니다……."

유영조 대통령이 말끝을 흐렸다.

그는 온화하고 인자한 인물이지만, 맺고 끊음이 확실한 편이었다.

에둘러 말하거나 모호한 표현을 쓰는 경우도 거의 없었다.

정치권에서 단련되어 최고의 자리에 오른 내공은 무시할 수 없는 수준이었다.

최치우는 가만히 대통령의 다음 말을 기다렸다.

"프리메이슨이라고 들어봤겠지요?"

유영조 대통령은 뜬금없이 프리메이슨을 언급했다.

그토록 뜸을 들여 꺼낸 말이라고는 믿기 힘들었다.

최치우는 천천히 고개를 끄덕였다.

"중세 석공들의 연합에서 시작된 단체라고 들었습니다. 그들이 세계를 좌우한다는 이야기도 있지만, 음모론일 가능성이 높다고 알고 있습니다. 실제로는 앵글로 색슨 리더들의 사교 모임이라고."

"그럼 일루미나티에 대해서는요?"

"프리메이슨과 비슷하게 세계를 지배하는 그림자 정부가 일루미나티라는 음모론 정도는 들어봤습니다."

최치우는 왜 대통령이 프리메이슨과 일루미나티에 대해 묻는지 이해할 수 없었다.

한때는 뜨거운 이슈였지만, 지금은 철 지난 음모론이기 때문이다.

"세간에 떠돌던 이야기가 모두 진실은 아니겠지만… 완전히 실체 없는 소문은 아니었어요. 물론 나도 대통령이 되기 전까지는 믿지 않았지요."

대통령의 음성이 낮아졌다.

그는 지금 실없는 장난을 치는 게 아니었다.

최치우도 다른 사람의 말이었다면 한 귀로 듣고 한 귀로 흘렸을 것이다.

하지만 일국의 대통령이자 존경스러운 인품을 지닌 유영조의 말이다.

조금 이상해도 진지한 자세로 경청하는 수밖에 없었다.

"프리메이슨은 알려진 것처럼 석공들의 모임에서 비롯된 사교 모임이지요. 그러나 미국 대통령, 영국 왕세자 등이 가입하며 세계에 막대한 영향을 끼치는 조직으로 성장하게 되었어요. 물론 음모론에 나오는 것처럼 이들이 세계를 지배하거나 멸망시키려는 그런 의도 따위는 없었다고 합니다."

최치우가 귀를 세웠다.

유영조 대통령이 헛소리를 하는 게 아니라면 세상 사람들은 모르는 비밀을 듣게 되는 것이다.

재벌 2세인 임동혁조차 모르는 이야기다.

최치우는 한 글자라도 놓칠세라 정신을 집중했다.

"반면 일루미나티는 말 그대로 세계의 그림자 정부를 꿈꾸는 집단이었어요. 그들은 세상사에 적극적으로 개입하지 않는 프리메이슨을 비판했고, 결국 보이지 않는 전쟁을 벌였지요."

"일루미나티와 프리메이슨의 전쟁……."

"맞아요. 듣고 있어도 믿기 힘든 이야기지요? 나도 그랬습니다. 하나 대통령이 되고 나서 그들의 실체를 체감하게 되었어요."

"그들이 누구입니까?"

최치우가 정곡을 찔렀다.

유영조 대통령의 얼굴에는 더 이상 미소가 떠올라 있지 않았다.

그는 딱딱하게 굳은 표정으로 대답했다.

"네오메이슨."

"네오… 메이슨?"

"전쟁은 커다란 상처를 남겼지요. 프리메이슨은 사라졌고, 일루미나티도 기반의 절반 이상을 잃은 채 그림자 속으로 숨을 수밖에 없었다고 합니다. 하지만 살아남은 일루미나티의 후예들이 다시 발호하였고, 그들은 숙적 프리메이슨의 이름을 뺏어 새로운 세계를 열 준비를 하고 있다더군요. 그들이 바로 네오메이슨입니다."

쉽게 말하자면 프리메이슨을 멸망시킨 일루미나티의 후손들이 네오메이슨이다.

일루미나티를 계승한 이상 그들 역시 선조들처럼 세계를 지배할 야욕을 품고 있을 게 분명했다.

최치우는 대통령으로부터 기대하지 못한 엄청난 이야기를 들었다.

적이 누군지 알아야 싸우고 이길 수 있다.

어쩌면 이제까지 이 차원에서 가장 강력한 적의 존재조차 몰랐던 것이다.

동시에 강렬한 의문도 떠올랐다.

"왜 이런 말씀을 제게 해주시는 겁니까, 대통령님?"

"최 대표님은… 너무 지나치게 특별해서 말이지요. 단기간에 글로벌 기업을 일으킨 것도 모자라 100미터 달리기 신기록을 세울 만한 육체 능력까지……. 계속해서 불가해한 모습을 보인다면 반드시 네오메이슨이 그 마각을 드러낼 것 같아 미리 알려줘야겠다는 생각이 들었지요."

"그들이 정말 세계를 지배하려 한다면 네오메이슨의 존재를 알고 있는 사람들이 가만히 있는 게 이해되지 않습니다."

"허허허허, 네오메이슨이 영화 속 악당들처럼 티 나게 세계 정복 같은 걸 추구하지는 않겠지요. 이를테면… 미국 대통령은 네오메이슨이 아니지만 상원의 국방위의장은 네오메이슨이 확실합니다. 이라크 전쟁 역시 네오메이슨이 깊이 관련되어 있다는 게 정설이지요. 은밀하게, 그러나 확실하게 자신들의 이익을 추구하며 세계의 질서를 주무르는 세력인 건 분명해 보였습니다."

대통령은 국제사회에서 대한민국을 대표해 온갖 일을 다 책임진다.

밖에서 보는 것 이상으로 바쁜 자리다.

또한 대통령이 되기 전에는 결코 알 수 없는 극비 정보들을 다루게 된다.

유영조 대통령의 말은 허언이나 과장이 아니었다.

최치우는 생각보다 거대한 숙주가 있음을 깨달았다.

"서구 사회는 철저히 그들의 영향력 아래 있는 편입니다. 한때 급성장하던 중국도 결국 벽에 막혀 있는 형국이지요. 최 대표님이 아프리카에서 활로를 찾은 것은… 어쩌면 네오메이슨에게 무엇보다 위협적인 도전으로 여겨질지도 모르겠습니다."

"뜻하지 않았지만 귀중한 정보를 알려주셔서 감사합니다. 그들이 누구든, 얼마나 강력하든… 저와 올림푸스는 가고자 하는 길을 끝까지 개척하겠습니다."

최치우는 겁을 먹지 않았다.

대통령에게서 엄청난 비밀을 들었지만, 오히려 피가 뜨겁게 끓는 기분이다.

환생한 차원 중에서 가장 복잡다단한 현대의 지구에 네오메이슨 같은 적수가 없었다면 너무 시시했을 것이다.

서양을 중심으로 자신들의 이익을 위해 세계 질서를 갖고 노는 세력.

올림푸스가 언젠가 반드시 넘어야 할 산이자 깨부숴야 할 대적임이 분명했다.

변방에서 불어온 바람으로 세계를 바꾸겠다는 최치우의 목표와 네오메이슨의 이념은 정면으로 대치된다.

부딪칠 수밖에 없는 상대란 뜻이다.

"허허, 최 대표님이라면 그리 말할 줄 알았습니다."

유영조 대통령이 굳었던 안색을 풀었다.

그는 세계의 권력자들이 모이는 최전선에서 여러 번 한계를 경험했다.

한국은 아시아에서는 중국과 일본에, 전 세계에서는 서양에 비해 뒤진 대우를 받는다.

그러나 다음 세대를 대표하는 최치우라면 한강의 기적 이상을 보여줄 수 있을 것 같았다.

왠지 모를 기대감이 대통령의 미소를 회복시켰다.

최치우는 벌써 전의를 다지고 있었다.

'적을 아는 게 모든 싸움의 시작이다. 네오메이슨에 대해 자세히 조사해야겠군.'

지구라는 차원에 환생한 지 4년.

최치우는 드디어 네오메이슨의 존재에 대해 알게 됐다.

진짜 게임이 시작되려는 것이다.

* * *

준비는 끝났다.

당연히 100% 완벽한 준비는 있을 수 없다.

부족한 부분은 현장에서 부딪치며 채워가는 게 최선이다.

올림푸스는 공식적으로 아프리카 법인을 출범시켰다.

20대 중후반의 나이에 불과한 이시환이 아프리카 법인의 본부장이 됐다.

이런 인사 발령도 일반적인 기업에서는 상상하기 힘든 일이다.

언론과 사람들은 역시 창의적인 기업은 뭔가 달라도 다르다고 칭송했다.

하지만 그만큼 이시환이 느끼는 부담은 컸다.

그에게는 본부장 발령이 엄청난 기회이자 동시에 운명이 걸린 위기였다.

만약 아프리카 법인이 곤경에 처하면 모든 사람들이 이시환을 탓할 것이다.

이미 전설적인 입지를 쌓은 최치우를 탓할 사람은 드물 것이다.

결국 본부장으로 임명된 이시환이 가장 먼저 책임을 져야 한다.

아무리 최치우와 친한 사이라고 해도 비즈니스의 세계는 냉정하다.

특히 올림푸스는 상장을 하며 주주들이 생겼다.

그들을 납득시키기 위해서라도 공과 사를 엄격히 구분할 필요가 있었다.

이시환도 남아공이 자신의 사지가 될 수 있다는 사실을 모르지 않았다.

그러나 이시환은 유쾌하고 긍정적인 성격을 타고났다.

그는 부담감에 질식하는 대신 잘됐을 때를 상상하며 기운을 냈다.

아프리카 법인이 자리를 잡으면 이시환은 단숨에 주목받는 젊은 경영자로 등극하게 된다.

평범한 학부생에서 세계적인 관심을 받는 인재로 급부상할 수 있는 것이다.

물론 이시환 혼자 신생 법인을 감당하는 건 무리다.

한국에서는 임동혁이 두 팔을 걷어붙이고 광산 개발팀을 구성해 줬다.

국내 최고의 전문가들을 스카우트해서 아프리카 법인을 세팅한 셈이다.

하지만 남아공 현지에서는 어리고 경력도 짧은 이시환이 조직을 장악해야 한다.

만약 그가 기대를 충족시키지 못한다면 별수 없는 일이다.

최치우는 이시환에게 시험 무대를 깔아줬고, 부디 기대 이상의 모습을 보여주길 바랐다.

시험대에 오른 건 이시환 혼자만이 아니었다.

헤라클래스의 리더가 된 리키는 목숨을 걸어야 했다.

특수부대 출신의 용병들로 구성된 헤라클래스는 리키를 제외하면 전부 외국인이다.

그렇기에 통솔이 더더욱 어렵다.

게다가 올림푸스가 개발권을 따낸 광산 지역 근방의 반군과 게릴라들을 상대해야 한다.

까딱하면 모두 죽어나갈지 모른다.

하지만 시련을 견뎌내고 강력한 외인부대가 된다면 어마어마한 보상을 안겨줄 작정이다.

헤라클래스의 독자적 무력이 완성 단계에 이르면 아프리카 전역을 휩쓰는 것도 가능하다.

이시환과 리키.

두 사람에게 부여한 임무는 결코 가볍지 않았다.

아프리카를 포함해 올림푸스의 미래 일부를 둘에게 맡긴 셈이다.

물론 최치우가 두 사람만 믿고 아프리카를 나 몰라라 방치하진 않을 것이다.

그는 최대한 자주 남아공에 방문하며 광산 개발과 헤라클래스 활동을 도울 계획을 세웠다.

아니나 다를까, 최치우는 이시환과 리키가 남아공으로 떠나고 일주일 만에 비행기에 올라탔다.

직접 현장을 점검하고 첫 디딤돌이 되어주기 위해서였다.

"고객님, 혹시 불편하신 점은 없으십니까?"

퍼스트 클래스 좌석에 앉아 있으니 전용 승무원이 다가와 말을 걸었다.

단아한 인상의 승무원은 어디를 가도 시선을 끌 것 같았다.

최치우와 가끔 만나는 걸그룹 트웬티즈의 나윤과 비교해도 손색이 없는 미모였다.

"위스키 어떤 게 있나요? 잠이 안 와서."

"블렌디드 위스키로는 발렌타인 21년, 몰트 위스키로는 맥켈란 18년이 준비되어 있습니다."

승무원은 마치 TV 아나운서처럼 또박또박한 발음으로 최치우의 물음에 대답했다.

말을 하면서도 항상 눈웃음을 머금고 있는 게 무척 매력적이었다.

어차피 이 비행기의 퍼스트 클래스에 탑승한 사람은 최치우

혼자밖에 없었다.

그래서인지 괜히 묘한 기분이 들었다.

"맥켈란으로 주세요."

"안주는 필요하지 않으십니까?"

"뭐가 좋을까요?"

"캐비어를 곁들인 연어샐러드를 추천해 드리고 싶습니다."

"탁월하네요. 그렇게 부탁합니다."

무표정하던 최치우가 미소를 지었다.

고개를 숙인 승무원이 뒷모습을 보이며 술과 안주를 준비하러 걸어갔다.

완벽하게 독립된 퍼스트 클래스 좌석 옆으로 살짝 바라본 그녀의 뒷모습도 더없이 완벽했다.

"이거 무림에 있을 때의 버릇이 나오면 안 되는데."

최치우는 혼잣말을 중얼거리며 피식 웃음을 터뜨렸다.

절세신룡 이태민은 천하제일검이었고, 따르는 여인들이 장강의 물결처럼 넘쳐났다.

무림에서 가장 아름답다는 오봉(五鳳)이나 천하삼미(天下三美) 중 이태민의 손길을 거치지 않은 여인이 드물었다.

물론 무림에서는 영웅호색이 자랑거리다.

하지만 현대에서는 자칫 이상한 이미지로 낙인찍히기 쉬웠다.

"여긴 무림이 아니니까 조심해야지."

최치우는 올림푸스의 대표로서 브랜드 가치를 유지하기 위해 각별히 조심할 생각이다.

여자를 안 만나겠다는 건 절대 아니다.

뛰어난 남자는 여자들이 그냥 내버려 두지 않는다.

다만 말이 흘러나가지 않도록 조심해서 잘 만나겠다는 뜻이다.

"한국에서 밥이나 먹자고 할까?"

최치우가 가벼운 생각으로 시간을 보내는 사이, 그녀가 다시 돌아왔다.

먼저 전용 글라스에 위스키를 따른 그녀의 하얀 손이 바쁘게 움직였다.

이윽고 테이블 위로 그럴듯한 술상이 차려졌다.

"편안한 시간 보내십시오, 고객님. 티슈는 접시 아래에 있습니다."

그녀는 최치우가 뭐라 말을 걸 틈도 없이 자리로 돌아갔다.

그런데 이상한 게 있었다.

굳이 뻔히 보이는 티슈의 위치를 강조해서 알려준 것이다.

최치우는 캐비어와 연어가 담긴 접시 밑에서 티슈 한 장을 뺐다.

"역시."

티슈를 확인한 최치우는 의미심장한 미소를 지었다.

하얀 티슈 위에는 볼펜으로 전화번호가 적혀 있었다.

사극 속 여자 주인공을 닮은 승무원이 먼저 번호를 적어 마음을 표시한 것이다.

사실 객실 승무원이 먼저 번호를 주는 경우는 거의 없었다.

규정에도 어긋나고 굳이 위험을 감수하지 않아도 남자들이 먼저 수작을 부렸다.

그러나 퍼스트 클래스에 탄 사람이 다름 아닌 최치우였다.

올림푸스의 대표이자 한국에서 가장 성공한 20대 남자이다.

언제 다시 올지 모르는 기회이기에 그녀도 용기를 낸 것 같았다.

최치우는 티슈에 적힌 번호를 저장했다.

남아공 일정을 마치고 한국에 돌아가면 분명 그녀를 만나게 될 것이다.

완벽하게 다듬어진 모습을 보여준 승무원의 또 다른 면모를 확인하게 될 것 같아 벌써부터 짜릿했다.

'사실 이러고 노닥거릴 때가 아니지만.'

최치우는 위스키를 한 모금 마셨다.

잠깐 달콤한 여흥을 즐겼으나 눈앞에 닥친 현실의 문제들이 만만하지 않았다.

청와대 안뜰에서 대통령을 만나고 돌아온 다음, 최치우는 네오메이슨의 실체를 파헤치기 위해 노력했다.

하지만 생각처럼 쉬운 일이 아니었다.

프리메이슨이나 일루미나티는 온갖 음모론이 떠돌 정도로 노출돼 있었다.

반면 네오메이슨은 검색을 해도 나오는 게 아예 없었다.

프리메이슨을 몰락시킨 일루미나티의 후예답게 훨씬 더 은밀하게 움직이는 것 같았다.

어쩌면 활동을 시작한 역사가 짧기에 진면목이 덜 드러났는지도 모른다.

아무튼 간단하게 알아낼 수 있는 조직이 절대 아닌 것만은 확실했다.

아무래도 돈깨나 써야 할 것 같았다.

'갈수록 정보의 중요성은 커지겠지.'

아는 것이 힘이다.

정글 같은 비즈니스의 세계에서 정보의 가치는 돈으로 따질 수 없다.

만약 네오메이슨의 실체를 파악할 수 있다면 미리 대비를 하는 것도 가능하다.

'돈과 힘, 그리고 정보. 이렇게 삼위일체를 이뤄야만 세상의 정점에 설 수 있어.'

최치우는 올림푸스를 통해 돈을 벌고 있다.

또한 헤라클래스를 창설해 무력을 키울 예정이다.

그러나 아직까지 어떤 방식으로 정보를 얻을지는 기약이 없다.

적어도 필요한 정보를 구해주는 믿을 만한 거래처라도 만들어야 했다.

한 단계 다른 레벨에서 세상을 상대로 싸움을 준비하려니 생각할 게 부쩍 많아졌다.

'대통령은 네오메이슨에 대해 알고 있는 걸 대부분 말해줬어. 우리나라 국정원이 가진 정보도 그와 비슷한 수준이겠지. 가장 확실한 건 CIA와 거래를 트는 건데……'

최치우는 미국 최대의 국제적 정보 조직 CIA를 떠올렸다.

그들 중 일부도 네오메이슨일지 모른다.

하지만 CIA에 정보가 없으면 지구에서 일어나지 않은 일이라는 말이 있다.

최치우는 무슨 대가를 치르고라도 CIA로부터 정보를 사겠다고 결심했다.

덜커덩―!

그때 비행기가 난기류를 만났는지 살짝 흔들렸다.

이렇게 거대한 비행기도 여러 번 흔들리며 하늘을 가로지른다.

이제 막 천외천의 세계로 발을 내디딘 올림푸스 앞에 난관이 없으면 그게 더 이상한 일이다.

최치우는 남아공에 도착하자마자 할 일들을 정리하며 남은 위스키를 단숨에 마셨다.

너무 무거울 필요도, 또 너무 가벼울 필요도 없었다.

자신의 페이스대로 뚜벅뚜벅 걷다 보면 정상에 서 있을 것이다.

최치우는 자신을 믿고, 지구 반대편으로 날아가는 비행기 안에서 잠시나마 여유를 즐겼다.

* * *

"좀 어때요?"

묵묵히 현장을 확인한 최치우가 대뜸 질문을 던졌다.

듣는 사람 입장에서는 쉽게 대답하기 힘든 말이다.

아프리카 법인의 본부장이 된 이시환은 잠시 생각을 정리했다.

"여러 시행착오가 있지만 일일이 변명하지 않겠습니다. 다음 달에는 첫 번째 광산에서 채굴 작업이 시작될 예정입니다. 예정이 어긋나지 않도록 제가 책임지겠습니다, 대표님."

흠잡을 데 없는 답이다.

과연 이시환의 성격처럼 시원시원했다.

낯선 아프리카 땅에서 어려움이 많을 텐데 그는 핑계를 대지 않았다.

무조건 올림푸스의 계획대로 광산 개발을 시작하겠다고 자신했다.

최치우는 고개를 끄덕이며 말을 이었다.

"첫 번째 광산에서는 백금을 채굴하게 되죠?"

"그렇습니다. 매장량이 상당할 것으로 기대하고 있습니다."

"본사의 지원이 필요한 부분이 있으면 내가 떠나기 전에 말해주세요. 최대한 서포트해 줄 테니까."

"감사합니다, 대표님!"

이시환이 한층 더 깍듯하게 대답했다.

그의 뒤로 서 있는 아프리카 법인의 실무팀장들도 긴장한 표정이다.

임동혁은 한국 대기업에서 과장이나 차장, 부장급의 베테랑들을 대거 스카우트했다.

획기적인 대우를 받고 남아공으로 온 그들은 일을 시작한 이래 처음으로 본사 대표 최치우를 만난 것이다.

나이는 어리지만 살아 있는 전설을 만난 탓에 한국식으로 말해 군기가 바짝 들어 보였다.

최치우는 남아공 현지 사무실 등을 체크하고 고개를 끄덕였다.

이만하면 준비 상태는 만족스러웠다.

첫 번째 광산에서 백금을 채굴하며 성과를 거두면 차차 두 번째, 세 번째 광산도 개발해 나갈 것이다.

외부에서 방해만 하지 않으면 남아공 광산 개발은 황금 알을 낳는 거위나 마찬가지였다.

20개의 광산 중 절반만 채굴에 성공해도 올림푸스에게 막대한 수익을 안겨줄 게 분명했다.

미쓰릴이나 프로메테우스는 현금보다 회사 가치를 높이는 데 기여했다.

하지만 남아공의 광산은 캐시 카우로 실질적인 돈을 벌어다 줄 보물단지였다.

확인을 마친 최치우는 리키를 찾았다.

"리키."

"예, 싸부!"

남아공의 팀장들 틈에 섞여 있던 리키가 우렁찬 목소리를 토해냈다.

최치우는 그를 바라보며 눈동자에 힘을 담았다.

"헤라클래스의 역할이 예상보다 더 중요해질 것 같군요. 그동안 리키가 어떻게 팀을 만들고 키웠는지 확인하러 갑시다."

"예, 써!"

최치우는 네오메이슨이라는 거대한 세력이 그림자 아래에 있음을 알게 됐다.

불확실한 적이 생긴 만큼 최후의 수단인 무력을 빨리 확충할 필요성이 느껴졌다.

리키는 만반의 준비를 했는지 신나는 얼굴로 앞장섰다.

남아공에서 최치우의 시계는 평소보다 빠르게 흘러가고 있었다.

9장
헤라클래스

헤라클래스의 멤버들은 리키를 제외하고 총 30명이다.

30명은 결코 적은 숫자가 아니다.

합법적으로 총기를 사용할 수 있도록 허가를 받은 무장 단체의 출발이다.

이들에게 지급되어야 할 연봉과 유지비 등을 생각하면 최치우는 엄청난 투자를 한 셈이다.

화력 측면에서도 30명은 작은 반군 집단 하나를 날려 버리기에 충분했다.

기관총과 소형 바추카포로 무장한 30명은 아프리카 남부에서 누구도 무시할 수 없다.

그러나 날고 기는 용병 30명을 하나의 팀으로 묶는 건 무척 어려운 미션이다.

최치우는 리키가 헤라클래스에서 리더십을 발휘하면 점차 규모를 키워줄 생각이다.

나중에는 스파르타의 300 용사가 되고, 또 더 나아가 3,000명이 넘는 대규모 무장 단체로 아프리카 대륙을 휩쓸고 다녀야 한다.

그렇게 원대한 계획이 있다는 걸 아는지 모르는지 리키는 계속 싱글벙글했다.

그는 최치우와 함께 차를 타고 가면서도 웃음을 잃지 않았다.

헤라클래스의 숙소는 올림푸스의 남아공 사무실에서 조금 멀리 떨어져 있었다.

체력 단련과 사격 훈련을 할 수 있는 장소도 필요하기에 시 외곽에 숙소를 마련할 수밖에 없었다.

거기다 또 다른 현실적 이유도 있었다.

남아공 정부에서 허가를 해줬지만, 무장 단체가 시내에 머물게 되면 사람들이 불안감을 느낄 수밖에 없다.

그렇기에 당연하게도 헤라클래스 등 사설 무장 단체는 교외에 근거지를 마련하는 것이다.

"얼마나 더 가야 하죠?"

최치우가 지프 뒷좌석에서 질문했다.

케이프타운을 빠져나온 지 한참이 됐는데도 아직 도착할 기미가 안 보였기 때문이다.

조수석에 앉은 리키가 창문 너머 풍경을 확인하고 대답했다.

"붉은 독수리 바위를 지나쳤으니… 10분이면 도착합니다, 사부!"

"붉은 독수리?"

"저기 보이는 바위, 레드 이글스 락이라고 불립니다. 독수리를 닮았는데 이 동네 사람들의 홀리 플레이스입니다."

리키가 손가락으로 어딘가를 가리켰다.

고개를 돌린 최치우는 짧은 감탄사를 흘렸다.

이제 막 날개를 펼치려는 독수리 한 마리가 황야 가운데 우두커니 서 있었기 때문이다.

붉은색 오묘한 빛이 감도는 바위는 누가 봐도 독수리를 닮았다.

"진짜 붉은 독수리 바위군요."

"이 동네도 알고 보면 참 멋진 곳이 많습니다, 사부."

리키는 어느새 남아공에 흠뻑 빠진 모습이다.

사실 충분히 이해가 되기도 했다.

광활한 대자연과 넉넉한 음식, 유독 푸르고 높은 하늘에 매료되면 벗어나기 쉽지 않을 듯했다.

한국에 비해 편의 시설은 부족하지만, 리키에겐 전혀 중요하지 않았다.

"자신감이 넘쳐 보입니다."

"사부도 만족하실 겁니다."

리키가 웬일로 진지한 태도를 보였다.

최치우는 기대감을 키우며 고개를 끄덕거렸다.

아무런 근거 없이 리키가 자신감을 보이진 않을 것이다.

이윽고 최치우를 태운 지프가 멈춰 섰다.

헤라클래스의 거점에 도착한 것이다.

"케이프타운 북부 90㎞ 지점에 사부의 지시대로 숙소와 사격 훈련장, 체력 단련실 등을 만들었습니다. 매일 하드 트레이닝을 하며 언제든 실전에서 싸울 준비를 하고 있고요."

차에서 내린 리키가 당당하게 말했다.

숙소는 간이 건물로 지어졌지만, 시설이 나빠 보이진 않았다.

낯선 황무지에 이만한 건물을 올리고 훈련장까지 갖춘 건 대단한 일이다.

물론 올림푸스의 전폭적인 투자가 있었기에 가능했다.

"전원 소집. 우선 실력부터 봅시다."

"예, 써!"

리키는 기다렸다는 듯 휘파람을 불었다.

곧이어 30명의 헤라클래스 1기 팀원들이 최치우 앞에 나란히 도열했다.

딱 봐도 험상궂은 인상을 가진 사람부터 우락부락한 근육질, 의외로 비실비실해 보이는 백인 등 다양한 타입의 용병들이 모였다.

인종도 흑인과 백인, 그리고 한 명의 동양인 등 골고루 뒤섞여 있었다.

최치우는 30명이 내뿜은 기세를 감지했다.

확실히 까다롭게 선별한 만큼 강렬한 기운을 느낄 수 있었다.

대부분 실전 경험이 충분한 베테랑들이다.

이만한 레벨의 무장 단체를 급조하기란 불가능에 가깝다.

최치우와 리키가 헤라클래스를 만들기 위해 수면 아래에서 얼마나 공을 들였는지 모른다.

"사부, 헤라클래스입니다."

리키가 하얀 이를 드러내며 말했다.

야생마 같은 헤라클래스 팀원들은 리키의 일거수일투족을 주시하고 있었다.

기대 이상으로 규율이 잘 잡힌 것 같았다.

용병들을 잘못 모으면 분위기가 개판이 된다.

나중에는 통제하기도 힘들어진다.

그런데 헤라클래스의 30명은 마치 정규 군대처럼 나란히 도열해서 군기를 유지하고 있었다.

"다들 리키의 명령만 기다리고 있군요. 짧은 시간치고는 군기가 잘 잡혔는데 비결이 뭡니까?"

최치우의 질문을 받은 리키가 커다란 손으로 레게 머리를 긁적였다.

"사부, 그게 사실… 헤헤헤."

"솔직하게 말해도 됩니다."

"그냥 첫날부터 일대일로 다 두들겨 팼어요. 또 도전하면 또

패고. 그러니까 리더십? 뭐 그런 게 생긴 거 같습니다, 사부."

"30명을 전부 다?"

"노노. 저기 몽골에서 온 타미르는 제가 더 세다고 느끼고 안 덤볐어요. 그러니까 29명입니다."

"역시 리키답군요."

"칭찬이죠?"

"그럼요."

"헤헤, 사부한테 칭찬받았다!"

최치우는 미소를 지을 수밖에 없었다.

리키는 무식한 방법으로 헤라클래스를 길들였다.

피를 보는 데 무덤덤한 베테랑 용병들을 모두 두들겨 팬 것이다.

무력으로 먹고사는 사람들은 철저히 힘을 따른다.

몇 번을 도전해도 끄덕 없는 리키를 보며 다들 마음으로 승복한 것 같았다.

아무리 날고 기는 용병이라도 금강나한권의 초식까지 익힌 리키를 맨몸으로 이길 순 없다.

최치우와 비교할 수 없을 뿐, 리키도 인간의 한계를 초월한 괴물이기 때문이다.

"시작해 보죠."

"옙. 기대해 주세요, 사부."

군기가 잘 잡혔다고 해서 실력을 인정받을 수는 없다.

남아공 광산 지대의 치안은 극도로 불안정하다.

언제 어디서 반군과 게릴라 부대가 튀어나올지 모른다.

그때마다 올림푸스의 직원들과 광부들을 보호하고 필요하면 게릴라군의 근거지를 박살 낼 수 있어야 한다.

최치우는 사격 훈련장 근처로 이동해 팔짱을 꼈다.

철저하게 객관적인 시선으로 헤라클래스 대원들을 지켜볼 생각이다.

"레디— 겟, 셋!"

리키가 목청 높여 호령했고, 다들 무장한 상태로 이리저리 진형을 바꿨다.

척!

리키는 선두에서 손가락으로 사인을 줬다.

전투가 벌어지면 총 소리 때문에 서로의 목소리는 거의 들리지 않는다.

무전기도 먹통이 되기 일쑤다.

그렇기에 가장 원초적인 수신호를 완벽히 숙지하는 게 필수였다.

처처처척—

헤라클래스 대원들이 학익진처럼 좌우로 쫙 늘어섰다.

그 직후 원점을 향해 각자의 총기가 불을 뿜었다.

투다다다다다—!

소총과 기관총이 고막을 울리는 굉음을 만들어냈다.

가까이서 지켜보는데 귀가 얼얼해질 지경이다.

'정확하다.'

최치우는 소음에 아랑곳하지 않고 사격 목표를 주시했다.

헤라클래스 대원들은 정확하게 목표를 원점 타격하고 있었다.

물론 훈련과 실전은 다르다.

하지만 이만한 정확도라면 실전에서도 빛을 발할 것 같았다.

비싼 돈을 들여 검증된 베테랑들을 영입한 효과가 있었다.

'돈 쓴 보람이 느껴지는군.'

최치우가 고개를 끄덕이려는 찰나, 리키가 또 다른 수신호로 사인을 줬다.

헤라클래스 대원들이 이전과 다르게 움직였다.

절반 정도가 진형을 바꿔 사격 준비를 했다.

나머지 절반은 후방과 측면에 포진하며 경계 태세를 갖췄다.

실전에서 적진으로 돌입할 때를 가정한 것이다.

투두두두두—!

이번에도 귓가를 때리는 소음이 울렸다.

전방으로 총을 쏘는 대원들은 절반으로 줄었지만, 사격 범위는 늘어났다.

철저하게 실전을 염두에 둔 대형이다.

최치우는 속으로 박수를 쳤다.

리키와 헤라클래스에게 주어진 시간은 매우 짧았다.

그럼에도 불구하고 이만한 조직력을 갖췄으면 합격점을 줄 수밖에 없다.

왜 리키가 자신만만해했는지 알 것 같았다.

"그만 봐도 되겠습니다."

"어땠어요, 사부?"

"단체 전투 대형은 기대 이상입니다."

"예쓰!"

리키는 최치우의 칭찬을 듣고 두 주먹을 불끈 쥐었다.

그는 늘 설렁설렁 지내는 것 같았지만, 헤라클래스를 공포의 외인부대로 만들기 위해 남아공에서 뜨거운 땀을 흘렸다.

방금 전 보여준 훈련은 낯선 30명과 부대끼며 쌓아 올린 성과였다.

다른 누구도 아닌 최치우에게 인정을 받았으니 기쁜 게 당연했다.

하지만 헤라클래스 대원들은 저마다 조금씩 의아한 표정을 짓고 있었다.

전쟁터에서 잔뼈가 굵은 그들은 리키에게 두들겨 맞으며 조직력을 갖췄다.

대원들에게 있어 리더인 리키는 불가사의한 괴물이었다.

그런데 아무리 돈을 주는 고용주라고 해도 리키가 최치우 앞에서 너무 설설 기는 것 같았다.

최치우의 칭찬 한마디에 아이처럼 기뻐하는 모습도 이해가 되지 않았다.

"단체 전투는 이대로 훈련하고 개별 전투 스킬도 다양하게 끌어 올려야 합니다. 광산이나 동굴 안으로 침투할 상황이 생길 수 있고, 인원에 비해 커버하는 지역이 넓으니 소수로 작전을 펼칠 가능성 또한 매우 높습니다."

"옙, 싸부. 저기 몽골인 타무르가 전투 능력은 조금 떨어지는데 머리가 엄청 좋아요. 같이 트레이닝 방법을 짜보겠습니다."

리키는 싹싹하게 대답한 후 최치우의 말을 대원들에게 영어로 전달했다.

단체 훈련은 지금처럼 계속하되 상황에 맞춘 개별 전투 훈련도 게을리하지 말라는 내용이었다.

하지만 대원들의 표정이 좋지 않았다.

리키가 아닌, 생전 처음 보는 것은 둘째치고 강해 보이지도 않는 어린 최치우로부터 훈련에 대한 부분을 터치받아서 불쾌한 것이다.

헤라클래스 대원들은 여러 번 목숨을 걸고 살아남은 베테랑들이다.

그렇기에 자존심 강하기로 둘째가라면 서럽다.

리키는 리더로 인정했지만, 그들에게 있어 최치우는 그저 돈을 대는 스폰서일 뿐이었다.

최치우는 대원들의 얼굴에서 불만의 기색을 읽었다.

'간만에 몸이나 좀 풀까? 어차피 보는 눈도 없고 바로 실전에 투입해야 하니.'

고민은 짧고 행동은 빠른 게 최치우 스타일이다.

그가 슬쩍 웃으며 입을 열었다.

"시범을 보여줘야겠군요."

최치우는 일부러 한국어가 아닌 영어로 말했다.

대원들이 바로 알아듣길 원해서였다.

"사, 사부… 진짜요?"

오히려 리키가 당황했다.

리키는 최치우가 얼마나 강한지, 보통 인간을 초월한 존재인지 누구보다 잘 알고 있었다.

그러나 최치우의 진면목을 모르는 헤라클래스 대원들은 황당할 따름이다.

돈 많은 철부지 스폰서가 뭣도 모르고 설치는 것으로밖에 보이지 않았다.

최치우는 씨익 웃으며 말했다.

"리키, 공포탄 있죠?"

"네? 아, 물론 있습니다."

"모두 권총에 공포탄으로 바꾸고 여분 탄창은 하나씩, 그렇게 지급해 주세요."

"사부……."

"사방이 확 트인 공터에서 어떻게 개별 전투를 하는지 시범을 보여주겠습니다. 30 대 1로."

최치우의 말을 들은 헤라클래스 대원들은 그가 미쳤다고 생각했다.

건방진 애송이가 아니라 그냥 정신줄을 놓았다고 판단할 수밖에 없었다.

오직 한 사람, 최치우를 아는 리키만 심각한 표정을 짓고 있었다.

최치우는 여유로운 얼굴로 서 있었다.

자신의 수족이 되어야 할 헤라클래스 대원들에게 그들의 주인이 어떤 사람인지 각인시키고 값진 경험 또한 쌓게 해줄 작정이다.

아프리카의 뜨거운 태양이 이글거리는 헤라클래스 훈련장에서 제대로 사고가 터질 것 같았다.

* * *

헤라클래스 대원들은 정말 이래도 되는지 아리송한 표정을 짓고 있었다.

모두에게 똑같은 권총 한 정과 여분의 탄창이 주어졌다.

공포탄으로 장전했지만 실탄이 아니라고 해서 위험하지 않다고 생각하면 착각이다.

방탄조끼를 입었어도 공포탄에 맞으면 엄청난 충격을 받는다.

잘못하면 뼈가 부러질 수도 있다.

그런데 최치우는 방탄조끼도 입지 않았다.

헤라클래스의 기지에 온 복장 그대로 권총 하나만 들었을 뿐이다.

반면 헤라클래스 대원들은 원래부터 훈련복 아래 방탄조끼를 착용하고 있었다.

이 상태로 30 대 1의 모의 선투를 하는 건 시간 낭비였다.

더군다나 지형지물도 없는 훈련장에서 무슨 수로 1명이 30명을 상대한단 말인가.

모두가 의아해하며 최치우를 바라보고 있었지만, 대원들이 괴물로 인정한 리더인 리키의 표정은 심상치 않았다.

그는 줄곧 심각한 얼굴로 30명이 입은 방탄조끼를 일일이 확인했다.

"아직 내 말이 이해가 안 되겠지만… 아무튼 다들 정신 바짝 차려. 안 그럼 크게 다칠 수도 있어."

영어로 주의를 주는 리키의 목소리가 낮게 깔렸다.

그가 이처럼 진지하게 말하는 경우는 무척 드물다.

사방이 뻥 뚫린 사격 훈련장에 도열한 헤라클래스 대원들은 현실을 납득할 수 없었다.

산전수전 다 겪은 자신들이 진짜 최치우 한 명을 상대해야 하는 것인지, 리키는 왜 경고를 하는지 당최 이해하기 힘들었다.

어쨌거나 주어진 상황은 변함없었다.

말도 안 되는 상황을 종결시키기 위해서는 반쯤 미친 것 같은 스폰서 최치우를 얼른 쓰러뜨려야 한다.

방탄조끼 없이 공포탄을 맞으면 제법 크게 다치겠지만 그가 자초한 일이다.

슬슬 약이 오른 헤라클래스 대원들은 누가 먼저 최치우를 맞출지 눈빛으로 조율하고 있었다.

그때 최치우가 입을 열었다.

"한 발 맞으면 빠지는 걸로. 룰은 아주 간단하죠?"

"……."

누구도 대답하지 않았다.

다만 헤라클래스 대원들이 느끼는 불쾌함이 임계점에 다다르고 있었다.

최치우의 장난이 도가 지나치다고 생각하는 것이다.

"아무리 스폰서라 해도 훈련이 시작되면 봐주는 일은 없을 겁니다."

30명 중에서 유일한 동양인 타미르가 입을 열었다.

그는 몽골 출신으로 워낙 똑똑해서 리키가 특별히 아끼는 대원이다.

리키의 강함을 인지하고 도전하지 않은 단 한 사람이기도 하다.

그런 타미르까지 화를 참지 못했다.

아무리 생각해도 철부지 부자 스폰서가 헤라클래스를 농락하는 것처럼 보였기 때문이다.

'이제야 좀 해볼 만하군.'

최치우는 30명의 대원들이 내뿜은 기세를 유유히 받아들였다.

은근한 도발로 화를 나게 만드니 다들 확연히 사나워졌다.

우득— 우드득—

말없이 목을 좌우로 꺾으며 위압감을 조성하는 대원도 있었다.

최치우는 30명 중에서 요주의 인물 몇 명을 눈여겨봤다.

타미르를 비롯해 5명 정도는 무림이나 아슬란 대륙, 헌터 월드에서 태어났다면 걸출한 영웅이 됐을 것 같았다.

'한 수 가르쳐 주지. 너희 모두 내 사람들이니까.'

최치우는 처음 만난 헤라클래스 대원들에게 애정을 느끼고 있었다.

헤라클래스는 그가 현대에 환생해서 최초로 구성한 무력 조직이다.

그동안 최치우는 무력이 위주가 되는 차원에서만 살아왔다.

그래서인지 현대에서도 드디어 무장 단체를 만들게 되어 감회가 새로웠다.

"돌발 상황에 대비해 개별 전투 능력을 키우라는 건… 바로 이런 의미입니다."

이제 말이 아닌 행동으로 보여줄 시간이었다.

순식간에 최치우의 기운이 바뀌었다.

단전 깊이 잠들어 있던 내공을 끌어 올리고 몸을 열어 자연의 마나를 받아들였다.

그러자 방금 전과는 완전히 다른 사람이 된 듯 거대한 기파가 최치우의 등 뒤에서 넘실거렸다.

전쟁터에서 잔뼈가 굵은 헤라클래스 대원들은 뭔가 이상하다는 걸 감지했다.

"시작하죠."

시작이라는 말이 끝나자마자 지축이 울렸다.

쿠구구구궁—!

갑자기 날벼락이 치듯 지진이 일어났다.

아무런 방비를 못하고 있던 헤라클래스 대원들은 균형을 잃을 수밖에 없었다.

땅이 꽤나 거세게 흔들렸기 때문에 10명 가까운 대원이 넘어지고 말았다.

탕! 탕! 탕!

최치우는 넘어진 사람들에게 총을 쐈다.

오직 혼자만 지진의 영향에서부터 자유로웠다.

아니, 최치우가 서 있는 곳의 땅은 멀쩡했다.

헤라클래스 대원들이 모여 있는 곳의 땅만 흔들리며 일그러진 것이다.

말도 안 되는 일이지만, 마법은 불가능의 영역을 현실로 만드는 능력이다.

"읍!"

"크으……."

넘어지자마자 공포탄에 맞은 대원들이 신음을 흘렸다.

방탄조끼를 입고 있어도 통증이 만만치 않았다.

"왓 더 헬!"

넘어지지 않은 대원들 몇이 욕을 내뱉었다.

당장 뭐가 어떻게 된 상황인지 파악하기는 어려웠다.

하지만 일단 게임은 시작됐고, 멍청하게 서서 당할 순 없었다.

탕— 타탕—

정신을 차린 몇 명이 최치우를 향해 총을 쐈다.

그러나 최치우는 이미 그 자리에 서 있지 않았다.

그는 6서클의 마법 미니 퀘이크(Mini Quake)로 지축을 흔든 다음 땅을 박찼다.

슈우우우!

한 마리 새처럼 공중에 떠오른 최치우는 쉬지 않고 방아쇠를 당겼다.

타다다당!

그의 손에 들린 것은 똑같은 권총이다.

하지만 마치 기관총처럼 연달아 불이 뿜어져 나왔다.

퍼퍼퍽!

사격은 깔끔했다.

아직 지진의 여파에서 벗어나지 못한 대원들의 가슴에 총알이 박혔다.

방탄조끼가 아니었다면, 그리고 공포탄이 아니었다면 모두 즉사했을 부위다.

척!

허공에서 사격을 마치고 한 바퀴 돈 최치우가 여유롭게 착지했다.

탕!

그때 최치우의 발밑으로 총알이 튀었다.

조금만 정확했다면 최치우를 맞췄을지도 모른다.

최치우는 미소를 지으며 총을 쏜 상대를 확인했다.

몽골에서 온 타미르가 겨우 균형을 회복하고 최치우를 겨누고 있었다.

'역시 물건이야.'

실전 같은 훈련을 시작하고 최치우의 얼굴에 처음으로 미소가 떠올랐다.

그는 눈 깜짝할 사이에 10명이 넘는 대원들에게 공포탄을 맞췄다.

리키에게 훈련을 제대로 받은 것인지 타미르를 비롯해 다른 대원들은 상황을 파악하며 냉정을 찾고 있었다.

좌아아악—

누가 시키지도 않았는데 남은 대원들이 넓게 흩어졌다.

모여 있다간 또 땅이 흔들리면 꼼짝 없이 당하게 된다.

다들 돌발 상황에 어떻게 대처해야 하는지 몸으로 알고 있었다.

'당연히 이 정도는 해야지.'

최치우는 산개하는 대원들의 동작을 보며 만족스러운 표정을 지었다.

좌우로 흩어진 대원들이 최치우를 향해 총구를 겨눴다.

사실 여기서 게임이 끝난 것이나 다름없었다.

다수의 대원들이 넓게 펼쳐진 상태에서 한 점을 집중사격하면 피할 도리가 없기 때문이다.

헤라클래스 대원들은 짧은 시간 안에 최선의 판단을 내린 셈이다.

문제는 단 하나, 그들의 상대가 최치우라는 것이다.

타악!

최치우는 또다시 땅을 박차고 뛰어올랐다.

상식으로 받아들일 수 없는 점프력이었다.

그러나 이번에는 헤라클래스 대원들도 당황하지 않고 총구를 옮겼다.

공중에 떠오른 최치우를 조준한 것이다.

20여 개의 총구에서 불이 뿜어져 나오기 직전, 예고 없이 주위가 어두워졌다.

스으으윽—

어둠의 장막이 대원들의 시야를 가로막았다.

불빛 하나 보이지 않는 캄캄한 어둠이 20명을 덮쳤다.

갑자기 시야를 잃게 되면 극심한 공포와 혼돈이 찾아온다.

시각을 잃어버리면 몸의 균형도 무너지게 마련이다.

탕! 타앙—!

몇 명이 방아쇠를 당겼지만 조준이 제대로 될 리 없었다.

애꿎은 공포탄이 허공을 갈랐고, 최치우는 이미 반대편 땅에 내려섰다.

그는 시야를 잃고 허둥거리는 대원들을 쳐다봤다.

6서클의 강력한 마법인 블라인드(Blind)는 베테랑 용병들도 한순간에 바보로 만들어 버렸다.

탕! 탕! 탕!

탄창을 바꾼 최치우가 모두의 가슴팍에 공포탄을 꽂아 넣었다.

"으으으……"

"미친……"

30명 모두 골고루 공포탄 한 발씩을 맞고 나서야 어둠이 걷혔다.

아프리카의 태양은 여전히 강렬한 빛을 발산하고 있었다.

다만 헤라클래스 대원들의 눈을 가린 마나가 자연으로 돌아간 것이다.

30명의 대원들은 귀신에 홀린 것처럼 말을 잃었다.

갑자기 지진이 나고, 최치우는 공중을 빵빵 날아다니고, 설상가상으로 시력까지 잃는 경험을 했다.

30명이나 되는 사람이 허무하게도 단 한 사람에게 당한 것이다.

현실이 아닌 악몽을 꾼 것 같았다.

멀찍이 떨어져 모든 광경을 지켜본 리키도 식은땀을 흘리고 있었다.

리키는 최치우에 대해 잘 안다고 생각했는데, 감히 넘볼 수 없는 미지의 존재임을 깨달은 것이다.

"다들 많이 놀랐죠? 무슨 일이 벌어졌는지 궁금할 테고. 하지만 그런 건 하나도 안 중요합니다."

최치우는 담담한 얼굴로 헤라클래스 대원들의 정신을 일깨웠다.

그는 여기저기 넘어진 대원들을 돌아보며 목소리를 높였다.

"갑자기 지진이 일어나거나 광산이 무너질 경우 이렇게 당황할 겁니까? 언제 어디서 예상 못 한 자연재해를 경험할지 모릅니다!"

"……."

입이 열 개라도 할 말이 없었다.

20명 정도는 대처를 잘 했지만, 10명은 최치우가 마법으로 지축을 흔들자 우당탕 넘어졌기 때문이다.

최치우의 뼈아픈 지적은 계속됐다.

"상대의 활동 범위가 예측 반경을 벗어난다면? 두 번째는 괜찮았지만 내가 처음 공중으로 점프했을 때 곧바로 조준하지 못했죠. 그건 여러분의 시야가 전방과 좌우에만 고정돼 있기 때문입니다. 3차원이 아닌 2차원 시야에 머물러서는 일류가 될 수 없습니다."

뭐라고 반박조차 하기 힘든 말이었다.

단순한 말이 아닌 실전 같은 훈련으로 보여줬기 때문이다.

헤라클래스 대원들은 최고의 대우를 받으며 스카우트된 베테랑이다.

하지만 최치우 앞에서는 걸음마를 떼는 병아리 취급을 받을 수밖에 없었다.

차원을 넘나들며 쌓은 최치우의 실전 경험은 그 누구와도 비교하기 어렵다.

그는 마법, 검술, 박투, 로봇 대전까지 모든 종류의 전투를 경험했다.

게다가 인간만 상대한 게 아니라 헌터로서 온갖 몬스터들을 포획하고 물리쳤다.

그렇기에 최치우가 해주는 한마디, 한마디는 헤라클래스 대원들에게 교과서나 다름없었다.

"마지막으로 시력을 잃었을 때 적이 연막탄을 터뜨리거나 암전을 유도하는 경우는 흔합니다. 그런 상황에선 기척을 죽이고 청각에 모든 것을 의지하는 게 기본 중의 기본. 아까처럼 당황하면… 몰살입니다."

세 가지 충고를 들은 헤라클래스 대원들은 행운아인 셈이다.

몇 번의 실전을 거치며 동료들이 죽어나가야 알게 되는 노하우를 몸으로 배웠기 때문이다.

물론 헤라클래스 1기 30명 중에서도 여럿이 죽거나 부상을 당할 것이다.

그러나 최치우는 이 씨앗을 잘 키워 거목으로 만들고 싶었다.

"명심하겠습니다!"

그때 우락부락한 덩치를 자랑하는 프랑스 출신의 엘빈이 우렁차게 대답했다.

충격에서 깨어나 최치우의 가르침을 받아들인 것이다.

최치우는 씨익 웃으며 고개를 끄덕였다.

"우리 같이 아프리카의 전설이 됩시다."

그의 말은 헤라클래스 대원들의 심장을 뜨겁게 만들었다.

살벌한 훈련을 지켜본 리키도 주먹을 불끈 쥐고 있었다.

최치우는 이들의 미래를 의심하지 않았다.

헤라클래스는 올림푸스의 전위대가 되어 전설을 써 내려갈 것이다.

다른 누구도 아닌, 최치우 자신이 헤라클래스를 그렇게 만들 것이다.

사막의 붉은 태양 아래 새로운 약속이 잉태되고 있었다.

10장
UN

세계정부라 불리는 UN의 본부는 미국 뉴욕에 위치하고 있다.

UN에서는 거의 매일 빠짐없이 각종 회의와 세미나가 열린다.

물론 UN 본부의 모든 회의가 중요한 것은 아니다.

하지만 몇몇 이벤트의 경우 전 세계의 이목을 집중시킨다.

각국의 정상들이 참석해 연설하는 UN 총회가 열리면 뉴욕 시내의 교통을 통제하기도 한다.

북한에 대한 경제 제재 등 국제사회의 향방을 결정하는 굵직한 결의안도 UN 안보리에서 발표된다.

많은 사람들이 UN을 이빨 빠진 호랑이로 표현하지만, 여전히 전 세계에 막강한 영향력을 끼치고 있었다.

강대국들도 UN 총회나 안보리에서 결의된 사항은 지키려고 노력한다.

UN에게 스스로 세계를 좌우할 수 있는 실권은 없다.

그러나 UN은 합당한 명분을 제공해 준다.

그래서 누구도 UN을 함부로 무시할 수 없는 것이다.

최치우는 올림푸스의 대표로서 그런 UN의 공식적인 초청을 받았다.

UN에서는 1년에 한 번씩 기업가 포럼을 개최한다.

세계를 이끄는 기업가 50인을 초청해 연설과 세미나, 상호 교류를 주선하는 행사이다.

매번 초청 리스트가 바뀌지만 무려 UN이 선정하는 50인 안에 드는 것 자체가 엄청난 영광이다.

국내 기업의 경우 오성그룹과 현기자동차의 총수들이 UN의 초대를 받은 적이 있다.

시가총액으로 따지면 오성그룹의 지주회사인 오성전자는 350조 원, 현기자동차는 30조 원이다.

그런데 3조 원 규모의 시가총액을 지닌 올림푸스가 그들과 어깨를 나란히 한 셈이다.

UN은 시가총액이나 자본, 매출만큼 혁신성을 높이 평가한다.

기업의 사회 공헌과 지속 가능한 성장은 전 세계적인 트렌드다.

그렇기에 UN도 올림푸스를 눈여겨볼 수밖에 없었다.

아마 남아공의 난민 수용소에 P—2와 깨끗한 식수를 공급한 게 큰 영향을 끼친 것 같았다.

남아공에서 돌아온 최치우는 뉴욕으로 날아갈 준비를 했다.

언론에서도 최치우가 UN 기업가 포럼에 초청받은 뉴스를 비중 있게 다뤘다.

특히 한국은 해외에서 인정받는 사람을 좋아하는 경향이 강하다.

23살의 젊은 사업가 최치우는 시작부터 펜타곤의 인정을 받았다.

이제는 UN의 공식 초청까지 받는 사람이 됐으니 국내 인기는 하늘 높은 줄 모르고 치솟는 게 당연했다.

최치우가 롤스로이스를 타고 다닌다는 사실도 제법 널리 알려졌고, 어느 아파트에 살고 있는지도 기자들에 의해 소문이 났다.

기업 CEO가 톱 연예인들이나 누리는 인기를 위협하게 된 것이다.

승승장구 성공 가도와 뜨거운 관심, 23살 청년이 감당하기엔 너무 큰 성공이 최치우의 손에 들어왔다.

만약 그가 정말 23살에 불과했다면 이미 거만해질 대로 거만해져 어깨에 힘이 잔뜩 들어갔을지도 모른다.

성공은 마약과 같아서 잘못하면 사람을 망가뜨린다.

수많은 영재와 천재들이 일찍 꽃을 피우고 금방 시들었다.

하지만 최치우는 달랐다.

7번의 환생을 거치며 쌓은 극단의 경험은 그의 영혼을 누구보다 깊고 단단하게 만들었다.

최치우는 UN에서 선정한 50인의 기업가에 포함됐지만 호들갑을 떨지 않았다.

그는 남아공 현장에서 직접 확인한 내용을 토대로 지원책을 마련하는 데 집중했다.

아프리카 법인과 헤라클래스에 직원부터 시설, 자금까지 부족한 부분을 채워주려는 것이다.

뉴욕에서 열릴 기업가 포럼도 중요하지만, 이제 막 아프리카에 씨앗을 뿌린 올림푸스의 업무가 훨씬 더 중요했다.

최치우는 본질을 놓치지 않고 있었다.

똑똑.

그때 누군가 대표실 문을 두드렸다.

곧이어 최치우가 대답도 하지 않았는데 문이 열렸다.

이런 식으로 대표실 안에 들어올 수 있는 사람은 올림푸스에서 임동혁밖에 없었다.

최치우는 모니터에서 고개를 돌렸다.

"임 이사님, 그렇게 바로 문을 열 거면 노크는 왜 하는 겁니까?"

"그래도 안 하는 것보다는 낫습니다."

임동혁이 씨익 웃으며 소파에 앉았다.

최치우는 고개를 절레절레 저으며 자리에서 일어났다.

이윽고 임동혁의 맞은편에 털썩 앉은 최치우가 입을 열었다.

"한창 일하는 중이었습니다. 중요한 일 아니면 용건만 간단히 부탁하죠."

"뉴욕 일정 말입니다. 누구랑 가실 겁니까?"

"별로 중요한 이야기는 아닌 것 같군요."

"세계의 수도인 뉴욕에서! 세계정부인 UN의 주요 행사에 초청받은 겁니다. 이보다 중요한 일이 몇이나 되겠습니까?"

임동혁은 UN 기업가 포럼에 지대한 관심을 보이고 있었다.

공식적으로 초청을 받은 사람은 올림푸스의 CEO 최치우 한 명뿐이다.

하지만 최치우가 지목하면 몇 명이든 동행할 수 있었다.

기업가 50인만 참석하는 비공개 만찬을 제외하면 대부분의 행사는 열려 있다.

임동혁은 뉴욕에 같이 가고 싶은 티를 노골적으로 내고 있었다.

"우리 영감도 아직 초청을 못 받아봤는데… 이참에 내가 같이 가면 어깨 쫙 펴고 다닐 수 있을 것 같습니다."

한영그룹의 회장도 UN 기업가 포럼에 초청받은 적이 없다.

매출이나 시가총액으로 따지면 재계 10위 안에 드는 한영그룹이 올림푸스를 한참 앞선다.

그렇지만 한국의 대기업은 매출에 비해 세계적으로 저평가를 받는다.

혁신성이나 사회 기여 부분에서 뒤떨어지는 편이기 때문이다.

임동혁은 최치우의 동행 자격으로라도 UN 기업가 포럼에 참석해 이름을 빛내고 싶어 했다.

그만큼 기업인들에게는 영광스러운 자리인 것이다.

"조용히 혼자 다녀올 계획입니다. 수행할 직원도 필요 없습니다."

"그게 정말입니까?"

"아프리카 법인이 출범하며 다들 무척 바빠졌는데 직원들 인력을 낭비할 수 없죠."

"아니, 그래도 나는……."

"임 이사님도 이시환 본부장을 서포트하는 업무가 만만치 않을 텐데요. 일이 널널해서 그러는 거면 다른 업무를 더 드릴 수 있습니다."

최치우는 단호했다.

임동혁을 데려가지 않을 게 확실해 보였다.

그가 한번 마음을 먹으면 누구도 되돌릴 수 없다.

이제 최치우를 알 만큼 아는 임동혁은 헛된 기대를 품지 않았다.

대신 괜히 사나워진 표정으로 이유를 물었다.

"왜 굳이 혼자 가려는 겁니까?"

"거기서 우린 피라미니까. 남의 잔치에 손님이 기분 내는 것도 웃긴 노릇입니다."

"그게 무슨……."

"세계 5 대 기업으로 꼽히는 애플, 구글, 마이크로소프트, 페이스북, 아마존, 그리고 아시아 3 대 기업인 알리바바, 텐센트, 우리나라의 오성그룹, 이렇게 8개 회사의 시가총액을 합하면 4,600조입니다. 올림푸스는? 이제 3조 원이죠."

막상 세계 최고의 기업들과 올림푸스의 시가총액을 비교하니 차이가 확 느껴졌다.

임동혁은 심각해진 얼굴로 입술을 깨물었다.

최치우가 무슨 말을 하려는지 뒤늦게 알 것 같았다.

"물론 우리는 겨우 2년 만에 시총 30억 달러를 이뤄냈고, 전 세계의 주목을 받고 있습니다. 내가 말한 것처럼 올림푸스는 세상을 바꾸는 기업이 될 겁니다. 그러나 아직은… 아직은!"

오랜만에 최치우의 언성이 높아졌다.

잠깐의 침묵이 최치우와 임동혁 사이를 감쌌다.

흥분을 가라앉힌 최치우는 냉정함이 깃든 눈빛으로 임동혁을 쳐다봤다.

"올림푸스는 이제 막 천상계에 입장했습니다. 이제부터 천외천의 괴물들을 밀어내고 우리 자리를 확고히 만들어야죠. 이번 UN 기업가 포럼에서는 하늘 위의 괴물들과 제대로 첫인사를 나누는 겁니다."

최치우는 UN이 선정한 50인의 CEO가 된 것을 기뻐하지 않았다.

그는 세계를 쥐락펴락 움직이는 진짜 괴물들 입장에선 루키에 지나지 않는다.

다만 맨해튼의 파티에서 에릭 한센을 만났을 때보다는 많이 성장했다.

정식으로 천외천의 세계에 입장할 정도는 된 것이다.

아직 샴페인을 터뜨리기엔 일렀다.

최치우는 임동혁이 방심하지 않도록, 올림푸스가 거둔 성공에 도취되지 않도록 마음을 다지고 있었다.

"다음에… 우리가 UN 기업가 포럼에서 누구도 부정할 수 없는 최고의 주인공으로 초대받을 때, 이사님은 내 옆에 설 겁니다."

최치우는 채찍만 주지 않았다.

당근도 함께 선사했다.

그의 말이 끝나는 순간, 임동혁은 닭살이 돋는 걸 느꼈다.

저절로 그림이 그려졌다.

온 세계가 주목하는 UN 기업가 포럼에서 최치우와 함께 당당히 입장하는 그림이.

그때는 올림푸스가 50인 중 말석이 아닌, 누구도 부정할 수 없는 최고의 기업이 돼 있을 것이다.

최치우를 세계 최고로 만들고 그의 든든한 날개로 우뚝 서면 평생 구박만 해온 아버지로부터 100% 인정을 받을 수 있었다.

그렇게 당당하게 한영그룹의 새로운 회장이 되는 것이다.

외동아들이기 때문이 아니라 실력으로 왕관을 쟁취한 재벌 2세.

이제껏 대한민국에서 어떤 재벌 2세도 해내지 못한 일이다.

임동혁은 아드레날린이 짜릿하게 분비되는 걸 체감했다.
"알겠습니다. 지금은 대표님 뜻에 따라 남아공 업무를 지원하는 데 집중하겠습니다."
짧고 굵게 자신의 뜻을 관철시킨 최치우는 자리에서 일어났다.
다시 컴퓨터 앞에 앉아 남아공의 사업 현황을 체크하려는 것이다.
임동혁도 말없이 일어나 고개를 숙이고 대표실을 나갔다.
최치우는 그의 조바심과 흥분을 억누르는 대신 더 밝은 미래를 약속했다.
대기업의 후계자마저 탁월하게 다스리는 리더십이다.
"뉴욕이라… 뉴욕."
그는 조용해진 대표실에서 혼잣말을 읊조렸다.
아마 에릭 한센도 50인의 CEO에 선정됐을 것이다.
부디 그러기를 바랐다.
적어도 맨해튼의 파티에서 만났을 때와는 많은 게 달라졌기 때문이다.
"재미는 있겠군."
최치우는 가볍게 웃었다.
임동혁에게 말한 것처럼 올림푸스는 이제 막 천상계에 진입한 루키다.
그렇지만 멋모르는 루키가 쟁쟁한 거성들을 다 때려잡는 게 역사의 재미다.

잠시 브레이크를 가진 최치우는 다시 원래의 업무에 집중했다.

다음 주에 뉴욕행 비행기를 타게 된다.

UN에서 어떤 모습을 보일지는 퍼스트 클래스 좌석에 비스듬히 누워서 생각해도 늦지 않을 것이다.

그 전에 남아공으로 가는 비행기에서 연락처를 건네준 스튜어디스를 먼저 만나게 될 것 같았다.

이를 악물고 치열하게 낮을 보내는 만큼 뜨거운 밤을 즐길 자격은 충분했다.

최치우는 일을 하건 여자를 만나건 시간을 허투루 쓰지 않으며 젊음을 불태우고 있었다.

* * *

뉴욕을 대표하는 JFK 국제공항에서부터 제법 많은 기자들이 진을 치고 있었다.

주요 국가의 대통령과 총리들이 참석하는 UN 총회는 아니지만, 기업가 포럼의 영향력도 만만치 않기 때문이다.

기자들은 일정에 맞춰 JFK 공항에 도착한 기업 오너들의 사진을 찍기 바빴다.

포럼이 열리기 전날 뉴욕에 도착한 최치우도 카메라 플래시 세례를 피해갈 수 없었다.

"치우 초이!"

"올림푸스—!"

공항 여기저기에서 최치우와 올림푸스를 부르는 기자들의 목소리가 울렸다.

최근 IS의 테러 행위가 다소 잠잠해지면서 공항 경찰들도 기자들을 심하게 막아서진 않았다.

수행원이나 보디가드 없이 혼자 뉴욕에 도착한 최치우는 천천히 이동할 수밖에 없었다.

이것 또한 최치우가 의도한 그대로였다.

그가 원했다면 얼마든지 비공개로 입국할 수 있었다.

경호원을 대동해서 기자단을 밀어버리고 전진하는 것도 어렵지 않았다.

하지만 최치우는 수행원 없이 혼자 뉴욕까지 온 모습을 언론에 노출하고 싶었다.

젊고 남다른 CEO로서 브랜드 이미지를 구축하기 위한 전략이다.

이제 그는 일거수일투족이 화제가 되는 국제적인 셀렙이다.

공항에서 사진에 찍히는 것도 치밀한 계산 아래 유도하는 게 당연했다.

맨해튼 파티에서 에릭 한센을 만난 이후 다시 뉴욕에 발을 디딘 최치우는 자신의 게임을 시작했다.

최치우는 분명 뉴욕에서 에릭과 재회할 거라는 강렬한 예감을 받았다.

'이번엔 가볍게 잽 정도로 한 방 먹여줄게, 에릭.'

최치우는 짙은 미소를 지으며 JFK 공항을 빠져나왔다.

뉴욕에서의 2박 3일이 짧지만 꽤나 강렬할 것 같았다.

* * *

UN 본부는 뉴욕 이스트 강변에 우뚝 서 있다.

그 이름도 유명한 록펠러 가문의 존 D. 록펠러 주니어가 거금을 쾌척해 세계의 정부라 불리는 UN 본부가 뉴욕에 세워진 것이다.

최치우는 몸에 딱 맞는 정장을 빼입고 UN 본부로 들어섰다.

그는 격식을 갖추면서도 너무 답답하거나 화려해 보이지 않는 정장을 선택했다.

한국에서 유명 연예인의 코디를 책임지는 스타일리스트에게 코칭을 받은 것이다.

2박 3일 내내 외부로 보이는 무엇 하나 사소하게 여기지 않았다.

기업가 포럼이 열리는 세미나실로 들어선 최치우는 지정된 좌석에 앉았다.

올해 초청을 받은 50인의 CEO들 자리에는 각자의 이름이 새겨져 있었다.

이 자체로 가문의 영광이다.

최치우의 어머니도 얼마나 기뻐했는지 모른다.

어머니는 최치우가 대통령에게 훈장을 받을 때보다 더한 영광으로 생각했다.

보통 사람일수록 UN이 엄청난 권위를 가졌다고 생각하기 때문이다.

물론 최치우는 달랐다.

그는 50인에 선정되어 초청을 받은 것 자체에는 큰 감흥이 없었다.

다만 UN과 뉴욕에서 누구를 만날지, 무엇을 얻을 수 있을지 고민할 따름이다.

'저기 있군.'

자리에 앉아 주위를 살핀 최치우는 익숙한 얼굴을 발견했다.

건너편 의자에 에릭 한센이 앉아 있었다.

최치우의 예상대로 에릭도 UN의 초대를 받은 것이다.

찌릿—

마침 에릭 한센 또한 최치우를 쳐다보고 있었다.

UN 본부의 세미나실에서 두 사람의 눈빛이 마주쳤다.

남들은 모르는 전류가 허공에서 튀었다.

'그때는 파티에 들른 동양인 게스트였지만, 여기선 UN에게 인정받은 50인으로 같이 앉아 있지.'

최치우는 에릭을 마주 본 채 여유롭게 웃었다.

반면 에릭은 살얼음처럼 무표정한 얼굴이었다.

처척, 처억!

그때였다.

누군가 중요한 사람이 들어오는지 주위에서 웅성거림이 일어났다.

기업가 50인이 아닌 사람들은 뒤쪽의 의자에 앉아 있는데, 그들이 일제히 일어나는 소리가 들렸다.

최치우는 고개를 돌려 누가 들어오는지 확인했다.

'UN 사무총장이다.'

세계 대통령으로도 불리는 UN의 사무총장이 세미나실로 들어왔다.

실권은 크게 없지만 그래도 무시할 수 없는 세계적인 유력인사다.

UN의 힘이 명분에 있다면 사무총장은 그 명분을 만들 수 있는 당사자였다.

"반갑습니다. 이렇게 자리를 빛내주셔서 진심으로 감사드립니다."

얼마 전 새롭게 취임한 요아힘 마빈 사무총장은 50인의 기업가들과 일일이 악수를 나누었다.

곧 최치우에게도 차례가 돌아올 것이다.

스윽—

최치우는 미리 자리에서 일어나 요아힘 사무총장을 기다렸다.

"반갑습니다. 올림푸스, 아주 인상적이어서 기억하고 있습니다. 멀리 와주셔서 고맙습니다."

요아힘 총장은 최치우를 보고 곧바로 올림푸스를 언급했다.

실무진이 아닌 사무총장이 직접 특정 회사를 언급하는 건 이례적인 케이스다.

그만큼 올림푸스를 특별히 봤다는 뜻이다.

최치우도 예상 못 한 일이었다.

“감사합니다. 많이 배우고 가겠습니다.”

“우리 UN이 여기 모인 분들에게 많이 배워야 합니다.”

요아힘 사무총장은 세간의 평가대로 겸손한 태도가 몸에 밴 듯했다.

너무 유약하고 온화한 타입이라는 비판도 있지만, 최치우가 느끼기엔 아니었다.

UN 내부의 정치와 암투 또한 장난이 아니다.

이곳에서 최고의 자리에 올랐다는 건 내공이 어마어마하다는 뜻이다.

한국의 유영조 대통령처럼 외유내강 스타일인 게 분명해 보였다.

‘덕분에 뉴스 기사는 많이 나오겠어.’

최치우는 처음 만난 요아힘 사무총장에게 고마움을 느꼈다.

그가 특별히 올림푸스를 언급한 내용이 기사화되지 않을 리 없다.

국내외 여러 언론에서 요아힘 사무총장의 멘트를 중요하게 다룰 것이다.

올림푸스와 최치우는 몇십 억 광고보다 더 값비싼 홍보 효과를 얻은 셈이다.

그것만으로도 UN에 온 본전은 뽑고도 남았다.

다시 자리에 앉은 최치우는 단상을 주시했다.

사무총장의 환영사와 함께 세미나가 시작된다.

50인 중 대표 연설을 맡은 사람은 우뱅의 CEO다.

스마트폰으로 개인택시를 부르는 서비스를 만들어 전 세계 교통망을 장악한 인물이다.

그만큼 대단한 면면의 주인공들만 UN의 공식 초청을 받았다.

최치우는 각자의 영역에서 세상을 좌우하고 있는 이들과 자유롭게 대화를 나누길 원했다.

오늘 밤 초청을 받은 기업가 50인 외에는 누구도 참석할 수 없는 비공개 파티가 열린다.

진짜 게임은 그때 벌어질 것이다.

최치우는 곧 다가올 밤을 기다리며 요아힘 사무총장의 환영사를 들었다.

시시껄렁한 귀빈이 아닌, UN 사무총장이 최치우를 포함한 50인을 환영하고 있다.

명실상부한 천외천의 세계에 발을 들인 것이다.

요아힘 총장의 연설은 유려하고 흠잡을 구석이 없었다.

이윽고 우뱅의 창업자가 단상 위로 올라가 자신이 어떻게 70조 원 가치의 회사를 만들었는지 이야기했다.

연설을 들으며 UN의 밤을 준비하는 최치우의 표정은 차분했다.

하지만 속 깊은 곳에서는 심장이 뜨겁게 뛰고 있었다.

같이 앉은 50인 대부분이 시가총액 10조 원 이상의 회사를 소유하고 있었다.

또한 대다수가 서양 문화권에서 혜택을 받으며 자랐다.

최치우는 UN 덕분에 생각보다 일찍 맹수들이 가득한 정글에 뛰어든 기분이 들었다.

'이 느낌… 아주 좋아.'

다른 차원에서 전투를 나가기 전 칼을 갈며 만끽하던 야생의 기운이 혈도를 타고 흘렀다.

최치우의 영혼에 각인된 전사의 본능이 꿈틀거리고 있었다.

* * *

UN의 기업가 포럼은 두 가지 의미를 담고 있다.

첫째는 세계 최고의 기업가들을 초청해 이야기를 듣고, UN과 함께 국제사회에 기여할 수 있는 부분을 찾는 것이다.

또 다른 의미는 초청을 받은 기업가들이 교류할 수 있는 기회를 열어주는 것이다.

UN을 매개로 세계 최고의 CEO들이 자연스레 친해질 수 있다면 그로 인한 부가가치는 엄청날 게 분명했다.

오전과 오후에 걸쳐 진행되는 세미나는 첫째 의미에 충실한 행사이다.

반면 저녁을 먹은 후 비공개로 진행되는 파티는 두 번째 의

미를 충족시키기 위해 UN에서 특별히 공을 들였다.

최치우는 드디어 본게임이 시작됐다고 판단했다.

파티가 열리는 연회장 안으로는 기업가 50인과 소수의 UN 관계자, 그리고 신분이 확실한 직원들만 들어올 수 있었다.

이 안에서 벌어진 일은 외부로 유출되지 않는다.

실제로 UN의 기업가 포럼 파티에서 구두로 체결되는 계약과 업무 협약이 어마어마하다는 추측성 보도가 나올 정도였다.

어쨌든 흔치 않은 기회인 건 확실했다.

각자의 영역에서 최고의 자리에 오른 50명의 CEO가 한자리에 모이긴 매우 힘들다.

더구나 비공개 회동이란 기회는 더욱 귀하다.

2시간에서 3시간 정도 진행되는 파티를 무가치하게 흘려보낼 수도 있다.

하지만 마음먹기에 따라 얼마든지 빅딜을 성사시킬 수 있는 시간이다.

최치우는 당연히 마음을 단단히 먹었다.

그는 UN 파티에서 새로운 거래를 트거나 계약을 맺을 생각은 없었다.

천상계의 괴물들에게 자신의 존재를 각인시키는 걸로 충분했다.

그러면서 기대 이상의 기회가 주어지면 확실하게 낚아챌 작정이다.

물론 가장 먼저 해야 할 일은 따로 있었다.

'에릭 한센.'

파티가 막 시작됐고, 은은한 클래식 음악이 연회장의 공기를 녹였다.

50인의 CEO 중에는 서로 친분이 있는 이들도 있었다.

그렇게 몇몇 소그룹이 형성되고, 다소 어색한 분위기에서 조금씩 대화를 트고 있었다.

그러나 최치우는 샴페인 잔도 들지 않은 채 에릭부터 찾았다.

에릭 한센은 세미나에서 연설을 한 우뱅의 CEO를 비롯해 이름만 들으면 누구나 아는 사람들과 함께 서 있었다.

50인의 CEO 중에서도 꼭대기에 서 있는, 그들만의 리그를 형성하고 있는 포식자들이다.

우뱅의 CEO 역시 세미나에서는 공존과 세계의 연결 등 따뜻한 이야기를 늘어놓았다.

하지만 우뱅은 무분별한 서비스 확장으로 각국의 운송 회사와 운전기사들을 벼랑 끝으로 내몰고 있었다.

저벅저벅.

최치우는 망설임 없이 에릭 한센의 무리로 걸어갔다.

그의 걸음이 향하는 방향은 명백했다.

최치우가 점점 가까워질 때마다 연회장의 공기가 무거워지고 있었다.

수준 높은 연주자들의 클래식 음악이 울리고 있지만, 마치 액션 영화의 긴장감 넘치는 사운드 효과가 환청처럼 퍼졌다.

몇 걸음 떼지도 않았는데 연회장 안 모든 사람들이 최치우를 주시했다.

"에릭."

그에게 다다른 최치우가 입을 열었다.

에릭도 한 걸음 앞으로 나오며 손을 내밀었다.

"오랜만이에요, 치우 최. 이곳에서 다시 보게 될 줄은 몰랐는데 의외네요."

에릭은 뱀처럼 커다란 눈동자를 번뜩이며 말했다.

너 따위가 UN의 기업가 포럼에 초대를 받아서 놀랍다는 뉘앙스였다.

입은 웃고 있지만 눈매는 차가웠다.

새하얀 피부 덕분에 마치 뱀파이어를 대면하는 느낌이다.

최치우는 동요하지 않았다.

노르웨이 이민자 출신의 전설적인 스타 경영자 에릭 한센.

하지만 실상은 약탈적 M&A를 일삼으며 수많은 투자자들을 기만하는 월스트릿의 괴물이다.

최치우는 당장에라도 무공이나 마법을 발휘해 그를 무릎 꿇게 만들 수 있다.

그러나 에릭 한센의 방식으로, 그의 무기인 경영으로 완전히 박살을 낼 것이다.

그래야만 떳떳하게 현대사회에서 최강이 됐다고 자부할 수 있었다.

"하나만 물어보죠."

최치우는 포커페이스를 유지하며 입술을 달싹였다.

"프로메테우스, 샀죠?"

"……."

예상외의 기습이었을까.

에릭 한센은 최치우의 질문에 답하지 못했다.

아주 잠깐이나마 그의 얼굴에 낭패감이 스치고 지나갔다.

'역시 샀다.'

최치우는 확신할 수 있었다.

우회 경로를 통해 에릭 한센이 프로메테우스, 즉 P—1을 구입한 것이다.

만일의 경우 목숨을 구해주는 신개념 해독제를 그가 사지 않을 리 없었다.

가진 게 많은 사람일수록 자기 목숨을 끔찍이 여기는 법이다.

최치우는 미소를 지으며 말을 계속했다.

"샀군요. 하긴, 아무리 부자라도 죽으면 끝이니까. 다음에 P—1이 또 필요하면 직접 연락해요. 에릭에게는 특별히 하나 정도 내줄 수 있습니다."

명백한 농락이다.

거기에 에릭은 반응하고 있었다.

흔들리지 않는 얼음성에 균열이 갔다.

새하얗기만 하던 에릭의 얼굴에 붉은색 기운이 감돌았다.

억누르고 있지만 그는 엄청나게 흥분한 것이다.

"콧대가 너무 높아졌네요, 치우 최. 고작 30억 달러짜리 회사를 가진 주제에……."

이렇게 대놓고 도발하는 것도 에릭답지 않았다.

최치우는 가볍게 웃으며 반격을 가했다.

그는 오직 에릭만 들을 수 있게 목소리를 낮췄다.

"너, 네오메이슨이지?"

최치우의 말투가 달라졌다.

영어를 쓰고 있지만 단어 선택부터 음성까지 모든 게 변했다.

최치우의 입에서 나온 네오메이슨이라는 단어가 에릭의 정곡을 찔렀다.

"치우 최, 감히 그 이름을……."

"이제야 이해가 되는군. 네오메이슨이 키워줬으니 그렇게 빨리, 그렇게 쉽게 성공할 수 있었겠지. 남이 준 힘으로 세상을 움직인다고? 난 내 힘으로 금방 거기까지 올라갈 테니 기다리고 있어. 아니, 기다리라고 전해. 니 뒤에 있는 네오메이슨인지 뭔지 하는 놈들에게."

화를 주체하지 못하고 붉어지던 에릭의 얼굴이 다시 백지장처럼 하얗게 돌아왔다.

에릭은 먹이를 집어삼키기 직전의 독사처럼 최치우를 노려봤다.

그도 최치우처럼 목소리를 한껏 낮춘 채 입술만 달싹였다.

"겁도 없이 내뱉은 그 말, 책임져야 될 거에요. 올림푸스 따위… 내 손으로 찢어버리겠어요."

"행운을 빌어주지."

이것으로 확인은 끝났다.

최치우는 아무 일도 없었다는 듯 등을 돌렸다.

에릭 한센과 짧게 무슨 대화를 나눴는지 다들 궁금해 미칠 지경일 것이다.

하지만 누구에게도 알려줄 생각은 없었다.

최치우는 지나간 1분 동안 자신이 얻은 것을 계산했다.

'에릭도 치부를 건드리면 흥분한다. 약점이 있다는 뜻, 그리고 네오메이슨의 일원임이 분명해졌어. 여기서부터 시작이다.'

지피지기면 백전백승이라고 했다.

최치우는 오랜 인내 끝에 적을 알 수 있는 실마리를 찾아냈다.

UN에서 기대 이상의 수확을 거둔 셈이다.

격동의 시계가 최치우를 중심으로 움직이고 있었다.

11장
테스트

최치우는 2박 3일의 빠듯한 일정을 마치고 서울로 돌아왔다.

국내 언론들은 한껏 높아진 최치우의 위상에 대해 며칠째 이야기를 멈추지 않았다.

특히 요아힘 UN 사무총장이 악수를 하며 올림푸스를 언급한 게 단골 소재였다.

종편 프로그램마다 패널들이 올림푸스는 한국 역사상 해외에서 가장 널리 인정받는 기업이 됐다고 말하기 바빴다.

사실 세계에 끼치는 영향력으로 따지면 아직 오성그룹을 이기기 힘들다.

오성전자를 필두로 한 오성그룹의 매출과 인지도, 시가총액은 그야말로 넘사벽이다.

그럼에도 불구하고 사람들은 올림푸스 이야기를 훨씬 더 많이 했다.

올림푸스는 이제껏 존재하지 않던 유형의 회사이다.

게다가 자신을 꽁꽁 감추는 한국 대기업 오너들과 달리 최치우는 슈퍼스타로 발돋움했다.

대중들이 올림푸스의 성공기를 살아 있는 신화로 받아들이는 것도 어쩌면 당연한 수순이다.

그러나 우아한 백조가 수면 아래에서 미치도록 발길질을 하는 것처럼 올림푸스와 최치우는 쉴 틈이 없었다.

국제사회에서 인정을 받고 찬사의 대상이 된 것은 어디까지나 수면 위로 드러난 모습이다.

물밑에서는 직원들 한 명, 한 명이 치열하게 노력하느라 바빴다.

성공에 도취되어 나태해진 직원은 올림푸스에 남기 힘들다.

사실 올림푸스에서는 애초에 그런 분위기가 조성되지도 않았다.

최치우는 확실한 보상을 해주는 대신, 그만큼의 책임감을 요구하기 때문이다.

남아공에서는 본격적으로 첫 번째 광산 개발에 들어섰다.

여의도에 위치한 본사도 관련 업무를 지원하느라 사무실 불이 꺼질 줄 몰랐다.

남아공과 서울의 시차는 7시간.

그렇기에 교대로 돌아가며 남아공 시간에 맞춰 업무를 보는 직원들도 생겼다.

최치우도 절대 한가하지 않았다.

밖에서 보면 멋진 사업을 기획하고 UN의 모임에 참석하는 등 최치우가 마냥 부럽게 느껴질 수 있다.

그러나 최치우는 일당백이 무엇인지 몸소 실천하고 있었다.

그는 매일 국내 업무와 남아공 업무를 동시에 보고받고, 새로운 사업에 대한 계획도 다각도로 검토했다.

뿐만 아니라 주기적으로 펜타곤의 연구 보고서를 읽으며 프로메테우스의 생산과 판매 현황도 점검하고 있었다.

이 정도만 해도 24시간이 모자랄 지경이다.

하지만 기업의 임원들은 보통 상상하기 힘들 만큼의 업무량을 떠안고 있었다.

최치우는 여기에 더해 비밀스러운 일까지 추가로 진행 중이다.

개인 체육관에서 무공과 마법을 수련하는 것은 논외로 치고, 요즘엔 네오메이슨의 그림자를 추적하기 시작했다.

그는 에릭 한센이 어떻게 성공했는지 모든 단서를 수집하고 있었다.

한창 젊은 에릭이 일약 경영의 귀재로 떠오르며 세계적인 갑부가 된 배경에는 반드시 네오메이슨이 숨어 있을 것 같았다.

최치우의 추론은 간단했다.

네오메이슨이 에릭 한센이라는 괴물을 만들었고, 괴물이 된 에릭은 다시 네오메이슨을 돕고 있다는 것이다.

놀랍게도 에릭 한센에 대해서는 많은 게 베일에 싸여 있었다.

어려서부터 천재적인 투자 감각으로 시드 머니를 모았고, 이후 몇 건의 굵직한 M&A를 주도하며 몸집을 키웠다는 게 알려진 전부이다.

최치우는 그의 가족부터 성장 과정, 첫 번째 투자 등 모든 것을 알아내고 싶었다.

에릭 한센을 파헤치는 게 네오메이슨의 실체에 접근하는 가장 빠른 방법이다.

당연히 서울의 사무실에서 구글로 검색하는 건 시간 낭비다.

최치우는 거액의 대가를 지불하고 최고의 정보 단체와 해커들을 움직였다.

쓰는 돈에 비해 주어지는 정보의 양이 터무니없이 적지만 그래도 포기하지 않았다.

그는 천천히, 그러나 꾸준히 에릭 한센이란 인간의 진짜 모습을 알아가고 있었다.

우웅— 우웅—

최치우의 스마트폰이 진동을 토해냈다.

하지만 액정에는 '발신 번호 표시 제한'이라는 글자가 떠올라 있다.

가죽 소파에 몸을 파묻고 휴식을 취하던 최치우가 통화 버튼을 눌렀다.

"여보세요."

—미스터 초이.

전화기 너머에서 인도 억양이 잔뜩 묻어나는 영어가 들려왔다.

최치우는 누가 전화를 걸었는지 단번에 알아차렸다.

척!

폰을 집어 든 채 소파에서 일어난 최치우는 거실을 가로질렀다.

그는 통유리 너머 반짝이는 한강을 내려다보며 영어로 대답했다.

"내가 원하는 건?"

—방금 메일로 보냈습니닷. 암호를 알려주려고 전화를 걸었습니닷.

"메일이 해킹당할 확률은 없겠지?"

—초이, 우리를 해킹할 수 있는 사람은 없습니닷.

상대는 요상한 인도식 영어를 쓰지만 믿음이 갔다.

그가 바로 세계 최고의 해커들만 가입할 수 있는 비공개 그룹 어나니머스(Anonymous)의 인도 지부장이기 때문이다.

인도는 매년 수많은 IT 천재들을 배출해 실리콘밸리로 보내고 있다.

그렇기에 해커들의 수준은 상상을 초월한다.

어나니머스 소속이라는 것만 해도 보증수표다.

더구나 인도 지부장이라면 전 세계에서 손가락에 꼽히는 해커일 것이다.

"실례를 했군."

ㅡ암호는 비틀즈 2집 앨범 4번째 수록곡. 10번째 마디의 가사, 그리고 14번째 마디의 멜로디를 숫자로 변환하면 됩니닷.

상당히 복잡한 방식이지만 최치우는 곧바로 이해했다.

암호를 전달 받았으니 메일을 확인하는 일만 남았다.

ㅡ약속한 물건을 받고 싶습니닷.

"언제든 여의도 사무실로 사람을 보내."

ㅡ내일 오후 3시 33분입니닷.

"좋아, 기억하지."

어나니머스 인도 지부장이 약속을 잡고 전화를 끊었다.

그가 원하는 것은 다름 아닌 프로메테우스였다.

돈으로 어나니머스의 해커들을 고용하는 것은 불가능에 가깝다.

하지만 프로메테우스는 돈이 있다고 해서 아무나 살 수 있는 해독제가 아니다.

세계 최고의 해커도 P—1을 탐낼 수밖에 없었다.

최치우는 프로메테우스의 수량을 철저하게 통제한 덕을 톡톡히 봤다.

"에릭, 넌 모르겠지만 우린 점점 가까워지고 있어."

폰을 내려놓은 최치우는 혼잣말을 중얼거렸다.

그는 급히 노트북 컴퓨터를 열었다.

아니나 다를까, 발신자를 파악할 수 없는 메일이 도착해 있었다.

"암호는……."

비틀즈 2집의 4번째 수록곡은 Don't bother me다.

최치우는 10번째 마디의 가사를 적고, 14번째 마디의 멜로디를 음계에 따라 숫자로 바꿨다.

타다닥— 타닥!

암호를 입력하자 메일이 열렸다.

무슨 수를 써도 알 수 없던 에릭 한센의 가족과 성장 배경, 그리고 초기 투자금의 출처가 한눈에 들어왔다.

"찾았다, 연결 고리!"

최치우의 눈동자에서 빛이 반짝였다.

그리 많은 정보는 아니지만, 최치우는 단편적인 사실 속에서 일정한 흐름을 캐치했다.

어나니머스 덕분에 에릭 한센의 실체와 네오메이슨이 움직이는 방식을 어느 정도 알 것 같았다.

"테스트를 해보면 확실해지겠지."

미소를 짓는 최치우의 등에서 저릿저릿한 살기가 뿜어져 나왔다.

총칼을 들지 않았을 뿐, 전쟁을 시작했기에 무서운 투지가 발산됐다.

그는 에릭 한센의 아픈 손가락 하나를 날려 버리기로 마음먹었다.

메일에 적힌 정보가 사실이라면 에릭의 가족이 운영하는 회사를 뒤흔들 것이다.

그다음 반응을 보면 에릭 한센과 네오메이슨의 진면목이 더 많이 드러날 수밖에 없다.

그러나 에릭도 만만한 적수는 아니었다.

오히려 최치우보다 먼저 올림푸스를 테스트하며 신경을 긁었다.

두 사람 사이의 보이지 않는 전쟁은 남아공에서부터 불이 붙고 있었다.

*　　　*　　　*

이시환은 젊은 나이에도 불구하고 아프리카 법인의 본부장을 맡아 훌륭하게 현장을 지휘하고 있었다.

첫 번째 광산 개발이 순조롭게 시작됐고, 두 번째 광산도 현지 광부들과 계약을 체결한 상태이다.

여기까지가 최근의 보고였다.

그런데 며칠 전, 한국 시간으로 한밤중에 급작스러운 전화가 걸려왔다.

이시환은 시차를 고려하지 않고 최치우의 개인 폰으로 전화를 걸 수밖에 없었다.

남아공 정부가 통제하기 힘든 게릴라 반군이 첫 번째 광산을 공격했기 때문이다.

다행히 정부군과 헤라클래스의 개입으로 광산 전체가 쑥대밭이 되지는 않았다.

하지만 게릴라 반군을 막는 과정에서 헤라클래스 대원 두 명이 사망했다.

게다가 반군은 집요하게 첫 번째 광산을 노리며 주기적으로 기습을 감행할 태세였다.

상식적으로 이해할 수 없는 일이다.

최치우는 미묘한 낌새를 느꼈다.

더불어 억누르기 힘들 정도의 분노가 들끓었다.

헤라클래스 대원 두 명이 죽은 것이다.

이 세계에서 처음으로 휘하에 둔 무력 집단의 멤버 두 명이 허망하게 떠나갔다.

최치우는 굳이 리키에게 연락을 취하지 않았다.

누구보다 슬퍼하며 용암 같은 분노를 쏟아내고 있을 당사자가 바로 리키다.

"시환이 형, 아니, 이시환 본부장. 내가 갈 때까지 직원들 동요하지 않도록 챙기고 있어줘요. 가장 빠른 비행기로 남아공에 갈 테니까."

"하지만 여기 온다고 해서……."

"내가 직접 해결할 겁니다."

최치우의 목소리에서 정제된 분노의 기운이 느껴졌다.

무작정 폭발시키는 분노보다 훨씬 차갑고 강렬한 기운이 전화기를 통해 남아공까지 전달됐다.

이시환은 자기 잘못이 아닌데도 순간적으로 식은땀이 흘렀다.

왠지 모르지만 최치우가 남아공에 도착하면 엄청난 사고가 터질 것만 같았다.

최치우는 전화를 끊고 곧장 스마트폰으로 비행기 티켓을 검색했다.

사망자가 발생했고, 현지 직원들과 광부들은 잔뜩 위축돼 있을 것이다.

잘못하면 남아공 광산 개발 자체가 원점으로 돌아갈지도 모른다.

이런 위기 상황에서 빛을 발하는 게 진짜 리더십이다.

올림푸스의 대표인 최치우가 가장 위험한 곳에 직접 가서 직원들을 다독여야 한다.

그리고 분명한 해결책을 제시해야 한다.

그래야만 사태를 수습할 수 있었다.

물론 불가능에 가까운 미션이지만, 최치우는 어떻게든 해결할 자신이 있었다.

그는 전화를 끊을 때 여차하면 혈혈단신으로 남아공의 반군들을 모조리 쓸어버릴 각오까지 했다.

누가 됐든, 이유가 무엇이든 최치우의 사람을 죽인 대가는 반드시 치러야 할 것이다.

"에릭."

최치우는 불현듯 에릭 한센의 얼굴을 떠올렸다.

자신도 모르게 입에서 그의 이름이 튀어나왔다.

UN 기업가 포럼에서 에릭에게, 아니, 그 뒤에 있는 네오메이슨에게 선전포고를 했기 때문이다.

추측에 불과하지만 에릭이 손을 썼을 가능성도 배제할 수 없었다.

“내 사람 두 명의 목숨값은… 후회의 피눈물로 받겠다.”

혼잣말을 내뱉은 최치우의 음성이 어느 때보다 싸늘하게 들렸다.

*　　　*　　　*

최치우는 말을 실행으로 옮겼다.

꾸물거리지 않고 남아공행 비행기에 올라탄 것이다.

한국에서의 업무는 백승수와 임동혁에게 일임했다.

다행히 아직까지 남아공 광산이 게릴라 반군들에게 공격을 받았다는 소식은 외부로 알려지지 않았다.

이 뉴스가 퍼지기 전에 사태를 해결할 수 있다면 전화위복이다.

초장부터 위기를 겪은 남아공 현지 직원들이 똘똘 뭉쳐 더욱 단단해지는 계기가 될 수도 있었다.

케이프타운에 도착한 최치우는 호텔에서 휴식을 취하지 않았다.

운전기사를 통해 짐만 보내고 곧장 현지 사무실을 찾았다.

동요하고 있을 현지 직원들을 한시라도 빨리 진정시키기 위해서다.

"대표님!"

최치우가 모습을 드러내자 직원들이 마치 엄마를 되찾은 어린아이처럼 목소리를 높였다.

23살이라는 물리적 나이는 중요하지 않았다.

올림푸스에서 최치우가 차지하고 있는 위상은 절대적이다.

그의 등장만으로 두려움에 떨고 있던 남아공 직원들은 조금씩 안정을 찾아갔다.

"이시환 본부장, 지금 당장 리키 대장 불러요."

"알겠습니다."

최치우는 직원들 한 명, 한 명을 다독인 다음 이시환에게 지시를 내렸다.

헤라클래스의 대장인 리키에게 정확한 설명을 들을 필요가 있었다.

얼마 지나지 않아 이시환이 리키와 함께 현지 사무실로 돌아왔다.

"사부, 미안합니다. 내가……."

리키는 최치우를 보자마자 침통한 얼굴로 고개를 숙였다.

철철 흘러넘치던 장난기는 완전히 빠졌다.

짧은 기간이지만 24시간 붙어 지내던 대원 두 명을 잃었기 때문이다.

최치우는 리키에게 위로를 건네지 않았다.

그는 지금보다 훨씬 강인한 사람이 되어 헤라클래스를 이끌어야 한다.

다른 직원들과 리키를 똑같은 기준으로 대할 수 없었다.

"리키."

"네, 사부."

"헤라클래스 대원 두 명이 죽었는데 리키는 멀쩡하군요. 물론 최선을 다했겠죠. 그러나 대장으로서 부끄러워해야 할 일입니다."

"……."

리키는 아무런 대답도 하지 못했다.

다만 최치우가 무슨 말을 하려는지 똑똑히 깨닫고 있었다.

확실하게 문책을 마친 최치우는 금방 화제를 돌렸다.

지나간 일로 시간을 끌 틈이 없었다.

"이시환 본부장이 먼저 종합적인 상황을 설명해 보세요."

"네, 대표님. 아프리카의 게릴라 반군은 보통 두 부류로 나뉩니다. 정부와 결사항전을 하는 반군이 있고, 단순히 자신들의 이익을 위해 살아가는 반군이 있습니다. 남아공 영내의 반군들은 대부분 후자입니다. 그렇기에 이익이 없으면 움직이지 않습니다. 그런데 광산을 공격해도 장기간 개발할 기술과 인력이 없으면 당장 돈이 안 되는데……."

"그런데 연달아 공격을 감행했고, 다시 습격할 것 같은 태세를 보였다?"

"첫 번째 습격에서 우리 광산 지대의 사진을 찍어 갔습니다."

"이상하군. 확실히."

최치우는 잠시 턱을 쓰다듬으며 생각에 잠겼다.

곧이어 최치우는 리키에게 질문을 던졌다.

"전투 양상은 어땠습니까?"

"놈들이 이 동네에서는 보기 힘든 무기를 썼습니다, 사부."

가볍게 흘려들을 수 없는 말이다.

아프리카 게릴라 반군들의 무장 상태는 상당히 열악하다.

워낙 점조직으로 퍼져 있고 정부의 병력이 약해서 통제하기 힘든 것이지 반군이 강력하기 때문은 아니었다.

그런데 리키는 최신식 무기를 봤다고 강조했다.

아프리카 남부의 반군들이 어떤 무기를 주로 사용하는지 리키가 모를 리 없다.

헤라클래스에는 아프리카에서 피땀을 흘린 베테랑 대원들이 포진해 있다.

그들 눈에 낯선 무기가 등장했다면 상당히 심각한 문제였다.

"의심스러운 걸 압축해 봅시다."

최치우는 상황을 정리하려고 나섰다.

어느새 그의 눈빛에서 칼날 같은 기운이 뿜어져 나오고 있었다.

"첫째, 우리 광산에서 얻을 게 별로 없는데 사진을 찍는 등 지속적으로 습격할 의도를 보였다."

"맞습니다."

"그리고 둘째, 게릴라 반군들이 소유하기 힘든 최신식 무기를 가지고 있다."

"확실히 이상한 점이 너무 많습니다."

전투에는 문외한인 이시환도 심각성을 인지했다.

단순히 광산 경비를 강화한다고 해결될 문제가 아니었다.

"내가 가설을 하나 세워보죠. 위험한 가설을."

최치우는 판단을 내렸다.

증거는 없지만 정황은 넘치도록 충분했다.

생각을 정리한 최치우의 입에서 나온 이야기가 이시환과 리키를 놀라게 만들었다.

"외부 세력이 반군에게 무기를 지원한 겁니다. 돈이나 다이아몬드 같은 것도 지원했겠죠. 그 대가로 올림푸스의 광산을 공격해서 개발이 이뤄지지 못하게 사주한 거라면… 아귀가 딱딱 들어맞지 않습니까?"

"사부, 대체 누가……."

리키는 주먹을 꽉 쥐고 있었다.

제3의 배후 세력 때문에 헤라클래스 대원 두 명이 죽게 됐다면 그들을 절대 용서할 수 없었다.

최치우는 섣불리 배후를 지목하는 대신 냉정하게 조치를 취했다.

"이시환 본부장, 우리의 광산 개발로 피해를 보는 업체가 있는지 알아보세요. 이해관계가 얽힌 곳이 첫 번째 용의자입니다. 두 시간 줄 테니 리스트를 추려줘요."

"알겠습니다, 대표님."

최치우가 도착하니 사건 해결의 실마리가 보이기 시작했다.

의기소침해 있던 이시환은 기운을 내고 시원하게 대답했다.

리키도 큰 눈망울을 깜빡거리며 최치우의 지시를 기다렸다.

"남아공 국방부에 정식으로 협조 요청해서 우리를 공격한 게릴라 반군이 누구인지, 근거지는 어느 지역인지 관련된 모든 정보를 받아내요."

"옙, 사부."

"남아공 군대는 직접 나서지 않을 겁니다. 여력도 없을 테고. 정보만 제공하면 올림푸스와 헤라클래스가 알아서 해결한다고 말하세요. 그럼 순순히 협조할 겁니다."

최치우는 남아공 정규군의 속성을 꿰뚫고 있었다.

그들은 반군과의 전투를 무척 피곤해했다.

일일이 군대를 동원할 여력도 마땅치 않은 사정이다.

그렇기에 광산 개발도 글로벌 기업에 위탁하고, 사설 무장 단체의 설립도 허용하는 것이다.

올림푸스가 나서서 골치 아픈 반군 하나를 맡아준다고 하면 남아공 정부는 쌍수를 들고 환영할 게 뻔했다.

최치우는 목소리를 낮추고 중요한 말을 덧붙였다.

"기회라고 생각합시다. 이제부터 그 누구도 감히 헤라클래스에 대적할 수 없도록 우리를 각인시키는 기회."

"사부, 우리 대원 두 명의 목숨이 얼마나 비싼지 알려주겠습니다."

리키는 각오를 단단히 한 듯 힘주어 대답했다.

최치우의 눈에서도 여전히 서릿발 같은 살기가 흘러넘치고 있었다.

이참에 본때를 보여주지 않으면 아프리카의 반군들은 지속적으로 올림푸스를 괴롭힐 것이다.

아예 뿌리까지 박살을 내야 한다.

그래야만 배후에서 아무리 큰돈을 줘도 반군들이 겁을 먹고 섣불리 움직이지 못할 것이다.

으드득—

으스러지듯 주먹을 강하게 쥔 최치우는 무엇이든 부숴 버릴 것 같았다.

뜨거운 사막에 징벌의 시간이 도래한 것이다.

*　　　*　　　*

최치우는 이번에도 어나니머스의 힘을 빌렸다.

어나니머스에게 해킹을 의뢰하면 말도 안 되는 비싼 가격을 부른다.

하지만 그 어떤 곳보다 빠르고 정확하게 원하는 정보를 제공해 준다.

수많은 해커들이 어나니머스를 사칭하지만 진짜는 클래스가 달랐다.

에릭 한센의 정보를 얻으며 어나니머스와 거래를 튼 최치우는 이번에도 거액을 지불했다.

그러나 돈을 쓴 보람을 확실히 느낄 수 있었다.

가장 시급한 기밀 정보 두 가지를 알아냈기 때문이다.

먼저 이시환은 올림푸스의 광산 개발로 피해를 입은 경쟁 업체 리스트를 만들었다.

최치우는 그 리스트를 어나니머스에 전달했고, 불확실한 자금 흐름이 있었는지 확인했다.

결과는 최치우의 예상대로였다.

경쟁 업체에서 게릴라 반군으로 불법 자금이 흘러들어 가지 않았다.

또 다른 배후 세력이 무기와 자금을 공급한 것이다.

그럴 만한 동기와 실행력을 갖춘 사람은 에릭 한센밖에 없다.

아쉽게도 에릭 한센의 자금줄을 파악하긴 힘들었다.

어나니머스도 전지전능한 것은 아니었다.

대신 그들은 광산을 공격한 게릴라 반군의 정체와 근거지를 알려줬다.

'레드 엑스(Red Axe), 붉은 도끼란 말이지.'

자못 촌스러운 이름이다.

하지만 남아공 내부의 게릴라 반군 집단 중에서는 손꼽히는 세력이다.

레드 엑스의 병력은 100명 이상으로 추정된다.

언제 어디서 나타날지 모르는 게릴라 부대가 100명 넘게 있다는 건 상당한 규모다.

그동안 남아공 정부군 역시 레드 엑스 때문에 꽤나 골치가 아팠을 것이다.

어나니머스는 광야 지대에 숨어 있는 레드 엑스의 근거지를 알려줬다.

사실 남아공 정부의 군대가 레드 엑스의 근거지를 소탕해야 마땅하다.

그러나 이곳은 아프리카다.

일반적인 상식이 통하지 않는 검은 대륙에서 그런 걸 기대할 순 없었다.

최치우는 직접 레드 엑스를 처단할 작정이다.

문제는 전력 차이다.

2명이 사망한 헤라클래스 대원은 28명.

리키와 최치우를 포함해도 딱 30명인데 레드 엑스는 최소 100명이 넘는다.

게다가 아프리카에서 보기 드문 최신식 무기를 보유했다고 한다.

원래 헤라클래스 같은 정식 사설 무장 단체는 무기의 질에서 게릴라 반군을 압도하는 편이다.

그런데 배후 세력의 지원으로 레드 엑스도 비슷한 레벨의 무기를 갖게 됐다.

이런 상황이면 지리적 이점을 가지고 머릿수까지 앞서는 레드 엑스를 치기 어려워진다.

하지만 최치우는 걱정하지 않았다.

누구도 예측할 수 없는 절대적인 변수를 갖고 있기 때문이다.

그 변수란 다름 아닌 최치우 자신이다.

현대에서 유일하게 마법과 무공을 자유자재로 사용할 수 있는 존재.

서로 다른 차원에서 얻은 경험과 능력을 모두 발휘하면 무슨 일을 해낼지 모른다.

특히 최치우의 경험은 전투에 특화돼 있었다.

그는 게릴라 반군이 아닌 정규 군대와 싸우게 되더라도 박살을 낼 자신이 있었다.

어떻게 싸워야 하는지에 대해서라면 도가 텄기 때문이다.

최치우는 당장 어니니머스가 알려준 레드 엑스의 본진으로 혼자 쳐들어가서 초토화를 시키고 싶었다.

그래도 분이 풀리지 않을 것 같았다.

그러나 매번 사건이 터질 때마다 최치우가 나설 수는 없었다.

'내가 아닌 헤라클래스가 아프리카의 맹주로 우뚝 서야 된다. 그러기 위해선…….'

최치우는 계획을 세웠다.

주도면밀하고 빈틈없는 전략은 아니다.

매우 거칠고 단순한 계획이 머릿속에 그려졌다.

하지만 일단 계획이 섰다는 게 중요했다.

어떤 변수가 발생해도, 레드 엑스가 예상보다 더 강해도 상관없었다.

최치우는 한번 세운 계획을 굽히지 않고 현실로 만들어낼 것이다.

"리키!"

그가 평소보다 높은 목소리로 밖에 있는 리키를 불렀다.

심상치 않은 기운을 감지한 리키가 헐레벌떡 안으로 들어왔다.

"옙, 사부!"

"헤라클래스 대원 전원 소집합니다. 완전무장 상태로."

"나우? 지금?"

"바로 지금 출정합니다."

출정이다.

쇠뿔도 단김에 빼라고 했다.

최치우는 오늘 헤라클래스를 이끌고 레드 엑스를 지워 버릴 것이다.

동시에 자신이 전면에 나서지 않고 헤라클래스의 이름을 만방에 알려야 한다.

어느 하나 쉬운 게 없지만 최치우는 출정을 선포했다.

리키는 군말하지 않고 대원들을 소집하기 위해 나갔다.

사막에 때 아닌 피바람이 휘몰아칠 것 같았다.

*　　　*　　　*

완전무장을 마친 헤라클래스 대원들의 얼굴 표정이 딱딱하게 굳어 있다.

최치우는 나란히 도열한 28명의 대원과 리키를 바라보며 말했다.

"레드 엑스의 본진은 여기서 북서 방향으로 60㎞ 떨어져 있습니다. 그리고 오늘 그곳은 지도에서 영원히 사라질 겁니다."

담담한 말투와 차분한 목소리였지만 내용은 달랐다.

최치우는 아프리카 남부의 유력한 게릴라 반군을 전멸시키겠다고 공언했다.

온갖 전투를 경험해 본 헤라클래스 대원들도 긴장할 수밖에 없었다.

이미 레드 엑스의 습격을 막아내며 그들의 무서움을 경험했기 때문이다.

그러나 최치우의 말은 아직 끝나지 않았다.

"남아공 정규군은 함께 가지 않습니다. 오직 우리의 힘으로 헤라클래스가 레드 엑스를 전멸시켰다는 이야기가 아프리카 전역에 퍼지게 될 겁니다."

"함께… 가시는 것입니까?"

몽골 출신의 타미르가 최치우에게 질문했다.

대원들은 방탄조끼와 헬멧, 각자의 총기로 완전무장을 마쳤다.

대장인 리키도 마찬가지였다.

그런데 최치우만 맨몸으로 이야기하고 있으니 궁금할 수밖에 없었다.

헤라클래스 대원들은 최치우의 비정상적인 전투 능력을 몸소 체험해 봤다.

말로 표현할 수 없고 머리로 이해할 수 없지만 최치우는 30 대 1의 싸움에서 가뿐히 승리했다.

그렇기에 최치우가 함께 출정한다면 헤라클래스 대원들의 사기도 살아날 것이다.

최치우는 질문을 한 타미르를 바라보며 씨익 미소를 지었다.

"함께 갑니다. 당연히."

그의 대답을 들은 헤라클래스 대원들이 일제히 안도하는 기색을 보였다.

하지만 최치우는 곧바로 말을 이었다.

"함께 출정해 싸우겠지만 전면에 나서진 않을 겁니다. 이건 나의 싸움이 아닌 헤라클래스의 싸움입니다. 내 승리가 아닌 헤라클래스의 승리가 되어 아프리카 반군들을 공포에 떨게 만들어야 합니다."

다소 어려운 말이었다.

함께 출정해 싸우지만 백업만 하겠다는 뜻으로 들렸다.

그래도 최치우가 함께하는 게 어디인가.

미스터리한 능력을 지닌 최치우의 동행 자체가 헤라클래스에게는 천군만마와 같다.

100명이 넘는 거친 게릴라 레드 엑스의 본진으로 쳐들어가는 것은 분명 무리수다.

그렇기에 몇몇 대원들은 여전히 안색이 안 좋았다.

어쩌면 이번 전투에서 또 다른 사망자가 나올지도 모른다.

그럼에도 불구하고 출정은 결정됐다.

싸움을 피하는 용병, 적에게 복수하지 못하는 무장 단체는 존재 이유가 없다.

"출정."

최치우의 입에서 'Go to war'라는 말이 나왔다.

이제부터는 실전이다.

리키와 대원들은 재빨리 움직이며 오지를 돌파할 수 있는 트럭에 나눠 탔다.

최치우는 선두에서 이동할 트럭 조수석에 올라타 지휘용 무전기를 들었다.

검은 대륙 아프리카 사막의 전설이 시작되려는 순간이다.

『7번째 환생』 5권에 계속…